권태

倦怠

이상
권영민 책임 편집

권태

倦怠

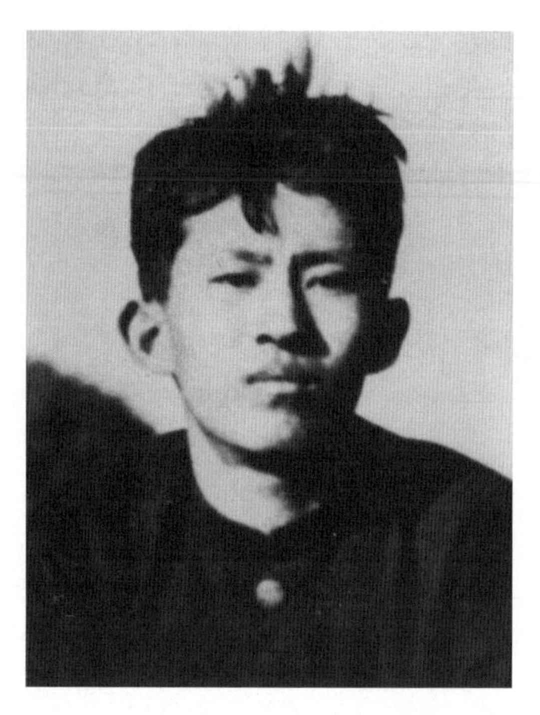

이상

차례

날개[1]

'박제가 되어 버린 천재'를 아시오? 나는 유쾌하오. 이런 때 연애까지가 유쾌하오.

육신이 흐느적흐느적하도록 피로했을 때만 정신이 은화(銀貨)처럼 맑소. 니코틴이 내 횟배 앓는 배 속으로 스미면 머릿속에 으레 백지가 준비되는 법이오. 그 위에다 나는 위트와 패러독스를 바둑 포석처럼 늘어놓소. 가공(可恐)할 상식의 병이오.

나는 또 여인과 생활을 설계하오. 연애 기법에마저 서먹서먹해진 지성(智性)의 극치를 흘깃 좀 들여다본 일이 있는, 말하자면 일종의 정신분일자(精神奔逸者) 말이오. 이런 여인의 반(半) — 그것은 온갖 것의 반이오.— 만을 영수(領受)하는 생활을 설계한다는 말이오. 그런 생활 속에 한 발만 들여놓고 흡사 두 개의 태양처럼 마주 쳐다보면서 낄낄거리는 것이오. 나는 아마 어지간히 인생의 제행(諸行)이 싱거워서 견딜 수가 없게끔 되고 그만둔 모양이오. 굿

1 《조광(朝光)》, 1936년 9월, 196~214쪽.

바이.

굿바이. 그대는 이따금 그대가 제일 싫어하는 음식을 탐식하는 아이러니를 실천해 보는 것도 좋을 것 같소. 위트와 패러독스와…….

그대 자신을 위조하는 것도 할 만한 일이오. 그대의 작품은 한 번도 본 일이 없는 기성품에 의하여 차라리 경편(輕便)하고 고매(高邁)하리다.

19세기는 될 수 있거든 봉쇄하여 버리오. 도스토예프스키 정신이란 자칫하면 낭비인 것 같소. 위고를 불란서의 빵 한 조각이라고는 누가 그랬는지 지언(至言)인 듯싶소. 그러나 인생 혹은 그 모형에 있어서 디테일 때문에 속는다거나 해서야 되겠소? 화(禍)를 보지 마오. 부디 그대께 고하는 것이니…….

(테이프가 끊어지면 피가 나오. 생채기도 머지않아 완치될 줄 믿소. 굿바이.)

감정은 어떤 포즈. (그 포즈의 소(素)만을 지적하는 것이 아닌지나 모르겠소.) 그 포즈가 부동자세에까지 고도화할 때 감정은 딱 공급을 정지합데다.

나는 내 비범한 발육을 회고하여 세상을 보는 안목을 규정(規定)하였소.

여왕봉(女王蜂)과 미망인 — 세상의 하고많은 여인이 본질적으로 이미 미망인 아닌 이가 있으리까? 아니! 여인의 전부가 그 일상에 있어서 개개 '미망인'이라는 내 논리가 뜻밖에도 여성에 대한

모독이 되오? 굿바이.

그 33번지라는 것이 구조가 흡사 유곽이라는 느낌이 없지 않다. 한 번지에 18가구가 죽 — 어깨를 맞대고 늘어서서 창호가 똑같고 아궁이 모양이 똑같다. 게다가 각 가구에 사는 사람들이 송이송이 꽃과 같이 젊다. 해가 들지 않는다. 해가 드는 것을 그들이 모른 체하는 까닭이다. 턱살[2] 밑에다 철 줄을 매고 얼룩진 이부자리를 널어 말린다는 핑계로 미닫이에 해가 드는 것을 막아 버린다. 침침한 방 안에서 낮잠들을 잔다. 그들은 밤에는 잠을 자지 않나? 알 수 없다. 나는 밤이나 낮이나 잠만 자느라고 그런 것은 알 길이 없다. 33번지 18가구의 낮은 참 조용하다.

조용한 것은 낮뿐이다. 어둑어둑하면 그들은 이부자리를 걷어 들인다. 전등불이 켜진 뒤의 18가구는 낮보다 훨씬 화려하다. 저물도록 미닫이 여닫는 소리가 잦다. 바빠진다. 여러 가지 내음새가 나기 시작한다. 비웃[3] 굽는 내, 탕고도란[4] 내, 뜨물 내, 비눗내…….

그러나 이런 것들보다도 그들의 문패가 제일로 고개를 끄덕이게 하는 것이다. 이 18가구를 대표하는 대문이라는 것이 일각이 져서 외따로 떨어지기는 했으나 있다. 그러나 그것은 한 번도 닫힌 일이 없는 한길이나 마찬가지 대문인 것이다. 온갖 장사치들은 하루 가운데 어느 시간에라도 이 대문을 통하

2 문 아래턱의 바깥 부분에 가로질러 붙여 놓은 나무토막.

3 식료품으로 청어를 일컫는 말.

4 1930년대에 여성들이 많이 쓰던 화장품의 상표 이름. 현재의 파운데이션과 흡사한 것.

여 드나들 수 있는 것이다. 이네들은 문간에서 두부를 사는 것이 아니라 미닫이만 열고 방에서 두부를 사는 것이다. 이렇게 생긴 33번지 대문에 그들 18가구의 문패를 몰아다 붙이는 것은 의미가 없다. 그들은 어느 사이엔가 각 미닫이 위 백인당(百忍堂)이니 길상당(吉祥堂)이니 써붙인 한 곁에다 문패를 붙이는 풍속을 가져 버렸다.

내 방 미닫이 위 한 곁에 칼표 딱지[5]를 넷에다 낸 것만 한 내—아니! 내 아내의 명함이 붙어 있는 것도 이 풍속을 좇은 것이 아닐 수 없다.

나는 그러나 그들의 아무와도 놀지 않는다. 놀지 않을 뿐만 아니라 인사도 않는다. 나는 내 아내와 인사하는 외에 누구와도 인사하고 싶지 않았다.

내 아내 외의 다른 사람과 인사를 하거나 놀거나 하는 것은 내 아내 낯을 보아 좋지 않은 일인 것만 같은 생각이 들었기 때문이다. 나는 이만큼까지 내 아내를 소중히 생각한 것이다.

내가 이렇게까지 내 아내를 소중히 생각한 까닭은 이 33번지 18가구 가운데서 내 아내가 내 아내의 명함처럼 제일 작고 제일 아름다운 것을 안 까닭이다. 18가구에 각기 별러[6] 든 송이송이 꽃들 가운데서도 내 아내가 특히 아름다운 한 떨기의 꽃으로 이 함석지붕 밑 볕 안 드는 지역에서 어디까지든지

5 여기서 '칼표'는 당시의 담뱃갑의 상표 도안을 말한다. '딱지'는 우표나 증지(證紙) 또는 어떤 마크를 그린 종잇조각의 속칭이다.

6 비례에 맞춰서 여러 몫으로 나누다.

찬란하였다. 따라서 그런 한 떨기 꽃을 지키고, 아니 그 꽃에 매달려 사는 나라는 존재가 도무지 형언할 수 없는 거북살스러운 존재가 아닐 수 없었던 것은 물론이다.

나는 어디까지든지 내 방이 — 집이 아니다. 집은 없다. — 마음에 들었다. 방 안의 기온은 내 체온을 위하여 쾌적하였고, 방 안의 침침한 정도가 또한 내 안력을 위하여 쾌적하였다. 나는 내 방 이상의 서늘한 방도, 또 따뜻한 방도 희망하지 않았다. 이 이상으로 밝거나 이 이상으로 아늑한 방을 원하지 않았다. 내 방은 나 하나를 위하여 요만한 정도를 꾸준히 지키는 것 같아 늘 내 방에 감사하였고 나는 또 이런 방을 위하여 이 세상에 태어난 것만 같아서 즐거웠다.

그러나 이것은 행복이라든가 불행이라든가 하는 것을 계산하는 것이 아니었다. 말하자면 나는 내가 행복하다고도 생각할 필요가 없었고, 그렇다고 불행하다고도 생각할 필요가 없었다. 그냥 그날그날을 그저 까닭 없이 펀둥펀둥 게으르고만 있으면 만사 그만이었던 것이다.

내 몸과 마음에 옷처럼 잘 맞는 방 속에서 뒹굴면서, 축 처져 있는 것은 행복이니 불행이니 하는 그런 세속적인 계산을 떠난, 가장 편리하고 안일한, 말하자면 절대적인 상태인 것이다. 나는 이런 상태가 좋았다.

이 절대적인 내 방은 대문간에서 세어서 똑 — 일곱째 칸이다. 러키세븐의 뜻이 없지 않다. 나는 이 일곱이라는 숫자를 훈장처럼 사랑하였다. 이런 이 방이 가운데 장지로 말미암아 두 칸으로 나뉘어 있었다는 그것이 내 운명의 상징이었던 것을 누가 알랴?

아랫방은 그래도 해가 든다. 아침결에 책보만 한 해가 들었다가 오후에 손수건만 해지면서 나가 버린다. 해가 영영 들지 않는 윗방이 즉 내 방인 것은 말할 것도 없다. 이렇게 볕 드는 방이 아내 방이요, 볕 안 드는 방이 내 방이요, 하고 아내와 나 둘 중에 누가 정했는지 나는 기억하지 못한다. 그러나 나에게는 불평이 없다.

아내가 외출만 하면 나는 얼른 아랫방으로 와서 그 동쪽으로 난 들창을 열어 놓고, 열어 놓으면 들이비치는 볕살이 아내의 화장대를 비춰 가지각색 병들이 아롱지면서 찬란하게 빛나고 이렇게 빛나는 것을 보는 것은 다시없는 내 오락이다. 나는 조그만 '돋보기'를 꺼내 가지고 아내만이 사용하는 지리가미[7]를 그슬러 가면서 불장난을 하고 논다. 평행광선을 굴절시켜서 한 초점에 모아 가지고 그 초점이 따끈따끈해지다가, 마지막에는 종이를 그슬리기 시작하고 가느다란 연기를 내면서 드디어 구멍을 뚫어 놓는 데까지에 이르는 고 얼마 안 되는 동안의 초조한 맛이 죽고 싶을 만치 내게는 재미있었다.

이 장난이 싫증이 나면 나는 또 아내의 손잡이 거울을 가지고 여러 가지로 논다. 거울이란 제 얼굴을 비출 때만 실용품이다. 그 외의 경우에는 도무지 장난감인 것이다.

이 장난도 곧 싫증이 난다. 나의 유희심은 육체적인 데서 정신적인 데로 비약한다. 나는 거울을 내던지고 아내의 화장대 앞으로 가까이 가서 나란히 늘어놓인 고 가지각색의 화장품 병들을 들여다본다. 고것들은 세상의 무엇보다도 매력적이다. 나는 그중의 하나만을 골라서 가만히 마개를 빼고 병 구

7 일본어 塵紙(ちりがみ), '휴지'에 해당한다.

멍을 내 코에 가져다 대고 숨죽이듯이 가벼운 호흡을 하여 본다. 이국적인 센슈얼한 향기가 폐로 스며들면 나는 저절로 스르르 감기는 내 눈을 느낀다. 확실히 아내의 체취의 파편이다. 나는 도로 병마개를 막고 생각해 본다. 아내의 어느 부분에서 요 내음새가 났던가를……. 그러나 그것은 분명치 않다. 왜? 아내의 체취는 여기 늘어섰는 가지각색 향기의 합계일 것이니까.

아내의 방은 늘 화려하였다. 내 방이 벽에 못 한 개 꽂히지 않은 소박한 것인 데에 반해 아내 방에는 천장 밑으로 쫙 돌려 못이 박히고 못마다 화려한 아내의 치마와 저고리가 걸렸다. 여러 가지 무늬가 보기 좋다. 나는 그 여러 조각의 치마에서 늘 아내의 동체와 그 동체가 될 수 있는 여러 가지 포즈를 연상하고 연상하면서 내 마음은 늘 점잖지 못하다.

그렇건만 나에게는 옷이 없었다. 아내는 내게 옷을 주지 않았다. 입고 있는 코르덴[8] 양복 한 벌이 내 자리옷이었고 통상복과 나들이옷을 겸한 것이었다. 그리고 하이넥[9]의 스웨터가 한 조각 사철을 통한 내 내의다. 그것들은 하나같이 다 빛이 검다. 그것은 내 짐작 같아서는, 즉 빨래를 될 수 있는 데까지 하지 않아도 보기 싫지 않도록 하기 위한 것이 아닌가 한다. 나는 허리와 두 가랑이 세 군데 다 고무 밴드가 끼어 있는 부드러운 사루마다[10]를 입고 아무 소리 없이 잘 놀았다.

8 corded velveteen. 누빈 것처럼 골이 지게 짠 우단(羽緞) 비슷한 직물.

9 high necked. 목둘레의 깃이 높은 옷.

10 일본어 遠股(さるまた). 팬티보다 긴 속옷을 일컫는다.

어느덧 손수건만 해졌던 볕이 나갔는데 아내는 외출에서 돌아오지 않는다. 나는 요만 일에도 좀 피곤하였고 또 아내가 돌아오기 전에 내 방으로 가 있어야 될 것을 생각하고 그만 내 방으로 건너간다. 내 방은 침침하다. 나는 이불을 뒤집어쓰고 낮잠을 잔다. 한 번도 걷은 일이 없는 내 이부자리는 내 몸뚱이의 일부분처럼 내게는 참 반갑다. 잠은 잘 오는 적도 있다. 그러나 또 전신이 까칫까칫하면서 영 잠이 오지 않는 적도 있다. 그런 때는 아무 제목으로나 제목을 하나 골라서 연구하였다. 나는 내 좀 축축한 이불 속에서 참 여러 가지 발명도 하였고 논문도 많이 썼다. 시도 많이 지었다. 그러나 그것들은 내가 잠이 드는 것과 동시에 내 방에 담겨서 철철 넘치는 그 흐늑흐늑한 공기에 다 비누처럼 풀어져서 온데간데가 없고 한참 자고 깬 나는 속이 무명 헝겊이나 메밀껍질로 띵띵 찬 한 덩어리 베개와도 같은 한 벌 신경(神經)이었을 뿐이고 뿐이고 하였다.

그러기에 나는 빈대가 무엇보다도 싫었다. 그러나 내 방에서는 겨울에도 몇 마리씩의 빈대가 끊이지 않고 나왔다. 내게 근심이 있었다면 오직 이 빈대를 미워하는 근심일 것이다. 나는 빈대에게 물려서 가려운 자리를 피가 나도록 긁었다. 쓰라리다. 그것은 그윽한 쾌감에 틀림없었다. 나는 혼곤히 잠이 든다.

나는 그러나 그런 이불 속의 사색 생활에서도 적극적인 것을 궁리하는 법이 없다. 내게는 그럴 필요가 대체 없었다. 만일 내가 그런 좀 적극적인 것을 궁리해 내었을 경우에 나는 반드시 내 아내와 의논하여야 할 것이고 그러면 반드시 나는 아내에게 꾸지람을 들을 것이고 — 나는 꾸지람이 무서웠다

기보다도 성가셨다. 내가 제법 한 사람의 사회인의 자격으로 일을 해 보는 것도, 아내에게 사설 듣는 것도.

나는 가장 게으른 동물처럼 게으른 것이 좋았다. 될 수만 있으면 이 무의미한 인간의 탈을 벗어 버리고도 싶었다.

나에게는 인간 사회가 스스러웠다. 생활이 스스러웠다. 모두가 서먹서먹할 뿐이었다.

아내는 하루에 두 번 세수를 한다. 나는 하루 한 번도 세수를 하지 않는다. 나는 밤중 3시나 4시 해서 변소에 갔다. 달이 밝은 밤에는 한참씩 마당에 우두커니 섰다가 들어오곤 한다. 그러니까 나는 이 18가구의 아무와도 얼굴이 마주치는 일이 거의 없다. 그러면서도 나는 이 18가구의 젊은 여인네 얼굴들을 거반 다 기억하고 있었다. 그들은 하나같이 내 아내만 못하였다.

11시쯤 해서 하는 아내의 첫 번 세수는 좀 간단하다. 그러나 저녁 7시쯤 해서 하는 두 번째 세수는 손이 많이 간다. 아내는 낮에보다도 밤에 더 좋고 깨끗한 옷을 입는다. 그리고 낮에도 외출하고 밤에도 외출하였다.

아내에게 직업이 있었던가? 나는 아내의 직업이 무엇인지 알 수 없다. 만일 아내에게 직업이 없었다면, 같이 직업이 없는 나처럼 외출할 필요가 생기지 않을 것인데 — 아내는 외출한다. 외출할 뿐만 아니라 내객이 많다. 아내에게 내객이 많은 날은 나는 온종일 내 방에서 이불을 쓰고 누워 있어야만 된다. 불장난도 못 한다. 화장품 내음새도 못 맡는다. 그런 날은 나는 의식적으로 우울해하였다. 그러면 아내는 나에게 돈을 준다. 오십 전짜리 은화다. 나는 그것이 좋았다. 그러나 그것을 무엇에 써야 옳을지 몰라서 늘 머리맡에 던져두고 두고 한 것이 어느 결에 모여서 꽤 많아졌다. 어느 날 이것을 본 아내는 금고처럼 생긴 벙어리를 사다 준다. 나는 한 푼씩 한 푼씩 고 속에 넣고 열쇠는 아내가 가져갔다. 그 후에도 나는 더러 은화를 그 벙어리에 넣은 것을 기억한다. 그리고 나는 게을렀다. 얼마 후 아내의 쪽머리에 보지 못하던 누깔잠[11]이 하나 여드름처럼 돋았던 것은 바로 그 금고형 벙어리의 무게가 가벼워졌다는 증거일까. 그러나 나는 드디어 머리맡에 놓였던 그 벙어리에 손을 대지 않고 말았다. 내 게으름은 그런 것에 내 주의를 환기시키기도 싫었다.

아내에게 내객이 있는 날은 이불 속으로 암만 깊이 들어가도 비 오는 날만큼 잠이 잘 오지는 않았다. 나는 그런 때 아내에게는 왜 늘 돈이 있나 왜 돈이 많은가를 연구했다.

내객들은 장지 저쪽에 내가 있는 것을 모르나 보다. 내 아내와 나도 좀 하기 어려운 농을 아주 서슴지 않고 쉽게 해 내던지는 것이다. 그러나 아내를 찾는 내객 가운데 서너 사람의 내객들은 늘 비교적 점잖았다고 볼 수 있는 것이 자정이 좀 지나면 으레 돌아들 갔다. 그들 가운데는 퍽 교양이 옅은 자도 있는 듯싶었는데 그런 자는 보통 음식을 사다 먹고 논다. 그래서 보충을 하고 대체로 무사하였다.

나는 우선 내 아내의 직업이 무엇인가를 연구하기에 착수하였으나 좁은 시야와 부족한 지식으로는 이것을 알아내기 힘이 든다. 나는 끝끝내 내 아내의 직업이 무엇인가를 모르고

11 눈깔비녀. 비녀의 일종.

말려나 보다.

아내는 늘 진솔버선[12]만 신었다. 아내는 밥도 지었다. 아내가 밥 짓는 것을 나는 한 번도 구경한 일이 없으나 언제든지 끼니때면 내 방으로 내 조석 밥을 날라다 주는 것이다. 우리 집에는 나와 내 아내 외에 다른 사람은 아무도 없다. 이 밥은 분명히 아내가 손수 지었음에 틀림없다.

그러나 아내는 한 번도 나를 자기 방으로 부른 일이 없다. 나는 늘 윗방에서 나 혼자서 밥을 먹고 잠을 잤다. 밥은 너무 맛이 없었다. 반찬이 너무 엉성하였다. 나는 닭이나 강아지처럼 말없이 주는 모이를 넙죽넙죽 받아먹기는 했으나 내심 야속하게 생각한 적도 더러 없지 않다. 나는 안색이 여지없이 창백해 가면서 말라 들어갔다. 나날이 눈에 보이듯이 기운이 줄어들었다. 영양 부족으로 하여 몸뚱이 곳곳이 뼈가 불쑥불쑥 내밀었다. 하룻밤 사이에도 수십 차를 돌아눕지 않고는 여기저기가 배겨서 나는 배겨 낼 수가 없었다.

그렇기 때문에 나는 내 이불 속에서 아내가 늘 흔히 쓸 수 있는 저 돈의 출처를 탐색해 보는 일변, 장지 틈으로 새어 나오는 아랫방의 음식은 무엇일까를 간단히 연구하였다. 나는 잠이 잘 안 왔다.

깨달았다. 아내가 쓰는 그 돈은 내게는 다만 실없는 사람들로밖에 보이지 않는 까닭 모를 내객들이 놓고 가는 것에 틀림없으리라는 것을 나는 깨달았다. 그러나 왜 그들 내객은 돈을 놓고 가나, 왜 내 아내는 그 돈을 받아야 되나 하는 예의(禮

12 한 번도 빨지 않은 새 버선.

儀) 관념이 내게는 도무지 알 수 없는 것이었다.

그것은 그저 예의에 지나지 않는 것일까, 그렇지 않으면 혹 무슨 대가일까 보수일까. 내 아내가 그들의 눈에는 동정을 받아야만 할 가엾은 인물로 보였던가.

이런 것들을 생각하노라면 으레 내 머리는 그냥 혼란하여 버리곤 하였다. 잠들기 전에 획득했다는 결론이 오직 불쾌하다는 것뿐이었으면서도 나는 그런 것을 아내에게 물어보거나 한 일이 참 한 번도 없다. 그것은 대체 귀찮기도 하려니와 한잠 자고 일어나면 나는 사뭇 딴사람처럼 이것도 저것도 다 깨끗이 잊어버리고 그만두는 까닭이다.

내객들이 돌아가고, 혹 밤 외출에서 돌아오고 하면 아내는 경편한 것으로 옷을 바꾸어 입고 내 방으로 나를 찾아온다. 그리고 이불을 들치고 내 귀에는 영 생동생동한 몇 마디 말로 나를 위로하려 든다. 나는 조소도 고소도 홍소도 아닌 웃음을 얼굴에 띄우고 아내의 아름다운 얼굴을 쳐다본다. 아내는 방그레 웃는다. 그러나 그 얼굴에 떠도는 일말의 애수를 나는 놓치지 않는다.

아내는 능히 내가 배고파하는 것을 눈치챌 것이다. 그러나 아랫방에서 먹고 남은 음식을 나에게 주려 들지는 않는다. 그것은 어디까지든지 나를 존경하는 마음일 것임에 틀림없다. 나는 배가 고프면서도 적이 마음이 든든한 것을 좋아했다. 아내가 무엇이라고 지껄이고 갔는지 귀에 남아 있을 리가 없다. 다만 내 머리맡에 아내가 놓고 간 은화가 전등불에 흐릿하게 빛나고 있을 뿐이다.

고 금고형 벙어리 속에 고 은화가 얼마큼이나 모였을까. 나는 그러나 그것을 쳐들어 보지 않았다. 그저 아무런 의욕도

기원도 없이 그 단춧구멍처럼 생긴 틈바구니로 은화를 들어뜨려 둘 뿐이었다.

왜 아내의 내객들이 아내에게 돈을 놓고 가나 하는 것이 풀 수 없는 의문인 것같이 왜 아내는 나에게 돈을 놓고 가나 하는 것도 역시 나에게는 똑같이 풀 수 없는 의문이었다. 내 비록 아내가 내게 돈을 놓고 가는 것이 싫지 않았다 하더라도 그것은 다만 고것이 내 손가락에 닿는 순간에서부터 고 벙어리 주둥이에서 자취를 감추기까지의 하잘것없는 짧은 촉각이 좋았을 뿐이지 그 이상 아무 기쁨도 없다.

어느 날 나는 고 벙어리를 변소에 갖다 넣어 버렸다. 그때 벙어리 속에는 몇 푼이나 되는지는 모르겠으나 고 은화들이 꽤 들어 있었다.

나는 내가 지구 위에 살며 내가 이렇게 살고 있는 지구가 질풍신뢰[13]의 속력으로 광대무변의 공간을 달리고 있다는 것을 생각했을 때 참 허망하였다. 나는 이렇게 부지런한 지구 위에서는 현기증도 날 것 같고 해서 한시바삐 내려 버리고 싶었다.

이불 속에서 이런 생각을 하고 난 뒤에는 나는 고 은화를 고 벙어리에 넣고 넣고 하는 것조차도 귀찮아졌다. 나는 아내가 손수 벙어리를 사용하였으면 하고 희망하였다. 벙어리도 돈도 사실 아내에게만 필요한 것이지 내게는 애초부터 의미가 전연 없는 것이었으니까 될 수만 있으면 그 벙어리를 아내

13 疾風迅雷. 심한 바람과 번개. 또는 그것처럼 빠르고 심함의 비유.

는 아내 방으로 가져갔으면 하고 기다렸다. 그러나 아내는 가져가지 않는다. 나는 내가 아내 방으로 가져다 둘까 하고 생각하여 보았으나 그즈음에는 아내의 내객이 원체 많아서 내가 아내 방에 가 볼 기회가 도무지 없었다. 그래서 나는 하는 수 없이 변소에 갖다 집어넣어 버리고 만 것이다.

나는 서글픈 마음으로 아내의 꾸지람을 기다렸다. 그러나 아내는 끝내 아무 말도 나에게 묻지도 하지도 않았다. 않았을 뿐 아니라 여전히 돈은 돈대로 내 머리맡에 놓고 가지 않나? 내 머리맡에는 어느덧 은화가 꽤 많이 모였다.

내객이 아내에게 돈을 놓고 가는 것이나 아내가 내게 돈을 놓고 가는 것이나 일종의 쾌감 — 그 외의 다른 아무런 이유도 없는 것이 아닐까 하는 것을 나는 또 이불 속에서 연구하기 시작하였다. 쾌감이라면 어떤 종류의 쾌감일까를 계속하여 연구하였다. 그러나 그것은 이불 속의 연구로는 알 길이 없었다. 쾌감, 쾌감 하고 나는 뜻밖에도 이 문제에 대해서만 흥미를 느꼈다.

아내는 물론 나를 늘 감금하여 두다시피 하여 왔다. 내게 불평이 있을 리 없다. 그런 중에도 나는 그 쾌감이라는 것의 유무를 체험하고 싶었다.

나는 아내의 밤 외출 틈을 타서 밖으로 나왔다. 나는 거리에서 잊어버리지 않고 가지고 나온 은화를 지폐로 바꾼다. 5원이나 된다. 그것을 주머니에 넣고 나는 목적을 잃어버리기 위하여 얼마든지 거리를 쏘다녔다. 오래간만에 보는 거리는 거의 경이에 가까울 만치 내 신경을 흥분시키지 않고는 마지않았다. 나는 금시에 피곤하여 버렸다. 그러나 나는 참았다. 그리고 밤이 이슥하도록 까닭을 잊어버린 채 이 거리 저 거리로 지향 없이 헤매었다. 돈은 물론 한 푼도 쓰지 않았다. 돈을 쓸 아무 엄두도 나서지 않았다. 나는 벌써 돈을 쓰는 기능을 완전히 상실한 것 같았다.

나는 과연 피로를 이 이상 견디기가 어려웠다. 나는 가까스로 내 집을 찾았다. 나는 내 방으로 가려면 아내 방을 통과하지 아니하면 안 될 것을 알고 아내에게 내객이 있나 없나를 걱정하면서 미닫이 앞에서 좀 거북살스럽게 기침을 한 번 했더니 이것은 참 또 너무 암상스럽게[14] 미닫이가 열리면서 아내의 얼굴과 그 등 뒤에 낯선 남자의 얼굴이 이쪽을 내다보는 것이다. 나는 별안간 내어 쏟아지는 불빛에 눈이 부셔서 좀 머뭇머뭇했다.

나는 아내의 눈초리를 못 본 것은 아니다. 그러나 나는 모른 체하는 수밖에 없었다. 왜? 나는 어쨌든 아내의 방을 통과하지 아니하면 안 되니까…….

나는 이불을 뒤집어썼다. 무엇보다도 다리가 아파서 견딜 수가 없었다. 이불 속에서는 가슴이 울렁거리면서 암만해도 까무러칠 것만 같았다. 걸을 때는 몰랐더니 숨이 차다. 등에 식은땀이 쭉 내밴다. 나는 외출한 것을 후회하였다. 이런 피로를 잊고 어서 잠이 들었으면 좋겠다. 한잠 잘 자고 싶었다.

얼마 동안이나 비스듬히 엎드려 있었더니 차츰차츰 뚝딱거리는 가슴 두근거림이 가라앉는다. 그만해도 우선 살 것 같았다. 나는 몸을 돌려 반듯이 천장을 향하여 눕고 쭉 다리를

14 남을 미워하고 샘을 잘 내는 잔망스러운 마음이 있다.

뻗었다.

그러나 나는 또다시 가슴의 두근거림을 피할 수 없게 되었다. 아랫방에서 아내와 그 남자의, 내 귀에도 들리지 않을 만치 얕은 목소리로 소곤거리는 기척이 장지 틈으로 전하여 왔던 것이다. 청각을 더 예민하게 하기 위하여 나는 눈을 떴다. 그리고 숨을 죽였다. 그러나 그때 벌써 아내와 남자는 앉았던 자리를 툭툭 털며 일어섰고 일어서면서 옷과 모자 쓰는 기척이 나는 듯하더니 이어 미닫이가 열리고 구두 뒤축 소리가 나고 그리고 뜰에 내려서는 소리가 쿵 하고 나면서 뒤를 따르는 아내의 고무신 소리가 두어 발자국 찍찍 나고 사뿐사뿐 나나 하는 사이에 두 사람의 발소리가 대문간 쪽으로 사라졌다.

나는 아내의 이런 태도를 본 일이 없다. 아내는 어떤 사람과도 결코 소곤거리는 법이 없다. 나는 윗방에서 이불을 쓰고 누웠는 동안에도 혹 술이 취해서 혀가 잘 돌아가지 않는 내객들의 담화는 더러 놓치는 수가 있어도 아내의 높지도 얕지도 않은 말소리를 일찍이 한마디도 놓쳐 본 일이 없다. 더러 내 귀에 거슬리는 소리가 있어도 나는 그것이 태연한 목소리로 내 귀에 들렸다는 이유로 충분히 안심하였다.

그렇던 아내의 이런 태도는 필시 그 속에 여간하지 않은 사정이 있는 듯싶이 생각이 되고 내 마음은 좀 서운했으나 그러나 그보다도 나는 좀 너무 피곤해서 오늘만은 이불 속에서 아무것도 연구하지 않기로 굳게 결심하고 잠을 기다렸다. 잠은 좀처럼 오지 않았다. 대문간에 나간 아내도 좀처럼 들어오지 않았다. 그러는 동안에 흐지부지 나는 잠이 들어 버렸다. 꿈이 얼쑹덜쑹 종잡을 수 없는 거리의 풍경을 여전히 헤맸다.

나는 몹시 흔들렸다. 내객을 보내고 들어온 아내가 잠든 나를 잡아 흔드는 것이다. 나는 눈을 번쩍 뜨고 아내의 얼굴을 쳐다보았다. 아내의 얼굴에는 웃음이 없다. 나는 좀 눈을 비비고 아내의 얼굴을 자세히 보았다. 노기가 눈초리에 떠서 얇은 입술이 바르르 떨린다. 좀처럼 이 노기가 풀리기는 어려울 것 같았다. 나는 그대로 눈을 감아 버렸다. 벼락이 내리기를 기다린 것이다. 그러나 쌔근하는 숨소리가 나면서 푸시시 아내의 치맛자락 소리가 나고 장지가 여닫히며 아내는 아내 방으로 돌아갔다. 나는 다시 몸을 돌려 이불을 뒤집어쓰고는 개구리처럼 엎드리고, 엎드려서 배가 고픈 가운데서도 오늘 밤의 외출을 또 한 번 후회하였다.

나는 이불 속에서 아내에게 사죄하였다. 그것은 네 오해라고…….

나는 사실 밤이 퍽이나 이슥한 줄만 알았던 것이다. 그것이 네 말마따나 자정 전인 줄은 나는 정말이지 꿈에도 몰랐다. 나는 너무 피곤하였었다. 오래간만에 나는 너무 많이 걸은 것이 잘못이다. 내 잘못이라면 잘못은 그것밖에는 없다. 외출은 왜 하였더냐고?

나는 그 머리맡에 저절로 모인 5원 돈을 아무에게라도 좋으니 주어 보고 싶었던 것이다. 그뿐이다. 그러나 그것도 내 잘못이라면 나는 그렇게 알겠다. 나는 후회하고 있지 않나?

내가 그 5원 돈을 써 버릴 수가 있었던들 나는 자정 안에 집에 돌아올 수 없었을 것이다. 그러나 거리는 너무 복잡하였고 사람은 너무도 들끓었다. 나는 어느 사람을 붙들고 그 5원 돈을 내주어야 할지 갈피를 잡을 수가 없었다. 그러는 동안에 나는 여지없이 피곤해 버리고 말았던 것이다.

나는 무엇보다도 좀 쉬고 싶었다. 눕고 싶었다. 그래서 나는 하는 수 없이 집으로 돌아온 것이다. 내 짐작 같아서는 밤이 어지간히 늦은 줄만 알았는데 그것이 불행히도 자정 전이었다는 것은 참 안된 일이다. 미안한 일이다. 나는 얼마든지 사죄하여도 좋다. 그러나 종시 아내의 오해를 풀지 못하였다 하면 내가 이렇게까지 사죄하는 보람은 그럼 어디 있나? 한심하였다.

한 시간 동안을 나는 이렇게 초조하게 굴지 않으면 안 되었다. 나는 이불을 홱 젖혀 버리고 일어나서 장지를 열고 아내 방으로 비철비철 달려갔던 것이다. 내게는 거의 의식이라는 것이 없었다. 나는 아내 이불 위에 엎드러지면서 바지 포켓 속에서 그 돈 5원을 꺼내 아내 손에 쥐여 준 것을 간신히 기억할 뿐이다.

이튿날 잠이 깨었을 때 나는 내 아내 방 아내 이불 속에 있었다. 이것이 이 33번지에서 살기 시작한 이래 내가 아내 방에서 잔 맨 처음이었다.

해가 들창에 훨씬 높았는데 아내는 이미 외출하고 벌써 내 곁에 있지는 않다. 아니! 아내는 엊저녁 내가 의식을 잃은 동안에 외출한 것인지도 모른다. 그러나 나는 그런 것을 조사하고 싶지 않았다. 다만 전신이 찌뿌드드한 것이 손가락 하나 꼼짝할 힘조차 없었다. 책보보다 좀 작은 면적의 볕이 눈이 부시다. 그 속에서 수없는 먼지가 흡사 미생물처럼 난무한다. 코가 칵 막히는 것 같다. 나는 다시 눈을 감고 이불을 푹 뒤집어 쓰고 낮잠을 자기에 착수하였다. 그러나 코를 스치는 아내의 체취는 꽤 도발적이었다. 나는 몸을 여러 번 여러 번 비비 꼬면서 아내의 화장대에 늘어선 고 가지각색 화장품 병들과 고 병들의 마개를 뽑았을 때 풍기던 내음새를 더듬느라고 좀처럼 잠이 들지 않는 것을 나는 어찌하는 수도 없었다.

견디다 못하여 나는 그만 이불을 걷어차고 벌떡 일어나서 내 방으로 갔다. 내 방에는 다 식어 빠진 내 끼니가 가지런히 놓여 있는 것이다. 아내는 내 모이를 여기다 주고 나간 것이다. 나는 우선 배가 고팠다. 한 숟갈을 입에 떠 넣었을 때 그 촉감은 참 너무도 냉회와 같이 써늘하였다. 나는 숟갈을 놓고 내 이불 속으로 들어갔다. 하룻밤을 비워 버린 내 이부자리는 여전히 반갑게 나를 맞아 준다. 나는 내 이불을 뒤집어쓰고 이번에는 참 늘어지게 한잠 잤다. 잘 — .

내가 잠을 깬 것은 전등이 켜진 뒤다. 그러나 아내는 아직도 돌아오지 않았나 보다. 아니! 들어왔다 또 나갔는지도 알 수 없다. 그러나 그런 것을 삼고하여 무엇하나?

정신이 한결 난다. 나는 지난밤 일을 생각해 보았다. 그 돈 5원을 아내 손에 쥐여 주고 넘어졌을 때에 느낄 수 있었던 쾌감을 나는 무엇이라고 설명할 수가 없었다. 그러니 내객들이 내 아내에게 돈 놓고 가는 심리며 내 아내가 내게 돈 놓고 가는 심리의 비밀을 나는 알아낸 것 같아서 여간 즐거운 것이 아니다. 나는 속으로 빙그레 웃어 보았다. 이런 것을 모르고 오늘까지 지내 온 나 자신이 어떻게 우스꽝스러워 보이는지 몰랐다. 나는 어깨춤이 났다.

따라서 나는 또 오늘 밤에도 외출하고 싶었다. 그러나 돈이 없다. 나는 엊저녁에 그 돈 5원을 한꺼번에 아내에게 주어 버린 것을 후회하였다. 또 고 벙어리를 변소에 갖다 처넣어 버린 것도 후회하였다. 나는 실없이 실망하면서 습관처럼 그 돈이 들어 있던 내 바지 포켓에 손을 넣어 한번 휘둘러 보았다. 뜻밖에도 내 손에 쥐어지는 것이 있었다. 2원밖에 없다. 그러나 많아야 맛은 아니다. 얼마간이고 있으면 된다. 나는 그만한 것이 여간 고마운 것이 아니었다.

나는 기운을 얻었다. 나는 그 단벌 다 떨어진 코르덴 양복을 걸치고 배고픈 것도 주제 사나운 것도 다 잊어버리고 활갯짓을 하면서 또 거리로 나섰다. 나서면서 나는 제발 시간이 화살 달리듯 해서 자정이 어서 홱 지나 버렸으면 하고 조바심을 태웠다. 아내에게 돈을 주고 아내 방에서 자 보는 것은 어디까지든지 좋았지만 만일 잘못해서 자정 전에 집에 들어갔다가 아내의 눈총을 맞는 것은 여간 무서운 일이 아니었다. 나는 저물도록 길가 시계를 들여다보고 들여다보고 하면서 또 지향 없이 거리를 방황하였다. 그러나 이날은 좀처럼 피곤하지는 않았다. 다만 시간이 좀 너무 더디게 가는 것만 같아서 안타까웠다.

경성역 시계가 확실히 자정을 지난 것을 본 뒤에 나는 집을 향하였다. 그날은 그 일각 대문에서 아내와 아내의 남자가 이야기하고 섰는 것을 만났다. 나는 모른 체하고 두 사람 곁을 지나서 내 방으로 들어갔다. 뒤이어 아내도 들어왔다. 와서는 이 밤중에 평생 안 하던 쓰레질을 하는 것이다. 조금 있다가 아내가 눕는 기척을 엿듣자마자 나는 또 장지를 열고 아내 방으로 가서 그 돈 2원을 아내 손에 덥석 쥐여 주고 그리고 — 하여간 그 2원을 오늘 밤에도 쓰지 않고 도로 가져온 것이 참 이상하다는 듯이 아내는 내 얼굴을 몇 번이고 엿보고 — 아내는 드디어 아무 말도 없이 나를 자기 방에 재워 주었다. 나는 이 기쁨을 세상의 무엇과도 바꾸고 싶지는 않았다. 나는 편히 잘 잤다.

이튿날도 내가 잠이 깨었을 때는 아내는 보이지 않았다. 나는 또 내 방으로 가서 피곤한 몸으로 낮잠을 잤다.

내가 아내에게 흔들려 깨었을 때는 역시 불이 들어온 뒤였다. 아내는 자기 방으로 나를 오라는 것이다. 이런 일은 또 처음이다. 아내는 끊임없이 얼굴에 미소를 띠고 내 팔을 이끄는 것이다. 나는 이런 아내의 태도 이면에 엔간하지 않은 음모가 숨어 있지나 않은가 하고 적이 불안을 느끼지 않을 수 없었다.

나는 아내의 하자는 대로 아내 방으로 끌려갔다. 아내 방에는 저녁 밥상이 조촐하게 차려져 있는 것이다. 생각하여 보면 나는 이틀을 굶었다. 나는 지금 배고픈 것까지도 긴가민가 잊어버리고 어름어름하던 차다.

나는 생각하였다. 이 최후의 만찬을 먹고 나자마자 벼락이 내려도 나는 차라리 후회하지 않을 것을. 사실 나는 인간 세상이 너무나 심심해서 못 견디겠던 차다. 모든 일이 성가시고 귀찮았으나 그러나 불의의 재난이라는 것은 즐겁다.

나는 마음을 턱 놓고 조용히 아내와 마주하고 이 해괴한 저녁밥을 먹었다. 우리 부부는 이야기하는 법이 없었다. 밥을 먹은 뒤에도 나는 말이 없이 그냥 부스스 일어나서 내 방으로 건너가 버렸다. 아내는 나를 붙잡지 않았다. 나는 벽에 기대어 앉아서 담배를 한 대 피워 물고 그리고 벼락이 떨어질 테거든 어서 떨어져라 하고 기다렸다.

오 분! 십 분!

그러나 벼락은 내리지 않았다. 긴장이 차츰 늘어지기 시작한다. 나는 어느덧 오늘 밤에도 외출할 것을 생각하고 있었다. 돈이 있었으면 하고 생각하고 있었다.

그러나 돈은 확실히 없다. 오늘은 외출하여도 나중에 올 무슨 기쁨이 있나. 나는 앞이 그냥 아뜩하였다. 나는 화가 나서 이불을 뒤집어쓰고 이리 뒹굴 저리 뒹굴 굴렀다. 금시 먹은 밥이 목으로 자꾸 치밀어 올라온다. 메스꺼웠다.

하늘에서 얼마라도 좋으니 왜 지폐가 소낙비처럼 퍼붓지 않나, 그것이 그저 한없이 야속하고 슬펐다. 나는 이렇게밖에 돈을 구하는 아무런 방법도 알지 못했다. 나는 이불 속에서 좀 울었나 보다. 돈이 왜 없느냐면서…….

그랬더니 아내가 또 내 방에 왔다. 나는 깜짝 놀라 아마 이제야 벼락이 내리려나 보다 하고 숨을 죽이고 두꺼비 모양으로 엎드려 있었다. 그러나 떨어진 입에서 새어 나오는 아내의 말소리는 참 부드러웠다. 정다웠다. 아내는 내가 왜 우는지를 안다는 것이다. 돈이 없어서 그러는 게 아니란다. 나는 실없이 깜짝 놀랐다. 어떻게 저렇게 사람의 속을 환 — 하게 들여다보는고 해서 나는 한편으로 슬그머니 겁도 안 나는 것은 아니었으나 저렇게 말하는 것을 보면 아마 내게 돈을 줄 생각이 있나 보다, 만일 그렇다면 오죽이나 좋은 일일까. 나는 이불 속에 똘똘 말린 채 고개도 들지 않고 아내의 다음 거동을 기다리고 있으니까, '옜소.' 하고 내 머리맡에 내려뜨리는 것은 그 가뿐한 음향으로 보아 지폐임에 틀림없었다. 그리고 내 귀에다 대고, 오늘일랑 어제보다도 좀 더 늦게 들어와도 좋다고 속삭이는 것이다. 그것은 어렵지 않다. 우선 그 돈이 무엇보다도 고맙고 반가웠다.

어쨌든 나섰다. 나는 좀 야맹증이다. 그래서 될 수 있는 대로 밝은 거리를 골라서 돌아다니기로 했다. 그러고는 경성역 일이등 대합실 한 곁 티룸에 들렀다. 그것은 내게는 큰 발견이었다. 거기는 우선 아무도 아는 사람이 안 온다. 설사 왔다가도 곧 가니까 좋나. 나는 날마다 여기 와서 시간을 보내리라 속으로 생각하여 두었다.

여기 시계가 어느 시계보다도 정확하리라는 것이 제일 좋았다. 섣불리 서투른 시계를 보고 그것을 믿고 시간 전에 집에 돌아갔다가 큰코다쳐서는 안 된다.

나는 한 박스에 아무것도 없는 것과 마주 앉아서 잘 끓은 커피를 마셨다. 총총한 가운데 여객들은 그래도 한 잔 커피가 즐거운가 보다. 얼른얼른 마시고 무얼 좀 생각하는 것같이 담벼락도 좀 쳐다보고 하다가 곧 나가 버린다. 서글프다. 그러나 내게는 이 서글픈 분위기가 거리의 티룸들의 그 거추장스러운 분위기보다는 절실하고 마음에 들었다. 이따금 들리는 날카로운 혹은 우렁찬 기적 소리가 모차르트보다도 더 가깝다. 나는 메뉴에 적힌 몇 가지 안 되는 음식 이름을 치읽고 내리읽고 여러 번 읽었다. 그것들은 아물아물한 것이 어딘가 내 어렸을 때 동무들 이름과 비슷한 데가 있었다.

거기서 얼마나 내가 오래 앉았는지 정신이 오락가락하는 중에, 객이 슬며시 뜸해지면서 이 구석 저 구석 걷어치우기 시작하는 것을 보면 아마 닫을 시간이 된 모양이다. 11시가 좀 지났구나, 여기도 결코 내가 안주할 곳은 아니구나, 어디 가서 자정을 넘길까, 두루 걱정을 하면서 나는 밖으로 나섰다. 비가 온다. 빗발이 제법 굵은 것이 우비도 우산도 없는 나를 고생을 시킬 작정이다. 그렇다고 이런 괴이한 풍모를 차리고 이 홀에서 어물어물하는 수는 없고, '에이, 비를 맞으면 맞았지.' 하고 나는 그냥 나서 버렸다.

대단히 선선해서 견딜 수가 없다. 코르덴 옷이 젖기 시작하더니 나중에는 속속들이 스며들면서 치근거린다. 비를 맞아 가면서라도 견딜 수 있는 데까지 거리를 돌아다녀서 시간을 보내려 하였으나 인제는 선선해서 이 이상은 더 견딜 수가 없다. 오한이 자꾸 일어나면서 이가 딱딱 맞부딪는다.

나는 걸음을 재우치면서 생각하였다. 오늘 같은 궂은 날도 아내에게 내객이 있을라고, 없겠지 하는 생각이 드는 것이다. 집으로 가야겠다. 아내에게 불행히 내객이 있거든 내 사정을 하리라. 사정을 하면 이렇게 비가 오는 것을 눈으로 보고 알아주겠지.

부리나케 와 보니까 그러나 아내에게는 내객이 있었다. 나는 그만 너무 춥고 척척해서 얼떨결에 노크하는 것을 잊었다. 그래서 나는 보면 아내가 좀 덜 좋아할 것을 그만 보았다. 나는 감발 자국 같은 발자국을 내면서 덤벙덤벙 아내 방을 디디고 그리고 내 방으로 가서 쭉 빠진 옷을 활활 벗어 버리고 이불을 뒤썼다. 덜덜덜덜 떨린다. 오한이 점점 더 심해 들어온다. 여전 땅이 꺼져 들어가는 것만 같았다. 나는 그만 의식을 잃어버리고 말았다.

이튿날 내가 눈을 떴을 때 아내는 내 머리맡에 앉아서 제법 근심스러운 얼굴이다. 나는 감기가 들었다. 여전히 으스스 춥고 또 골치가 아프고 입에 군침이 도는 것이 씁쓸하면서 다리팔이 척 늘어져서 노곤하다.

아내는 내 머리를 쓱 짚어 보더니 약을 먹어야지 한다. 아내 손이 이마에 선뜩한 것을 보면 신열이 어지간한 모양인데, 약을 먹는다면 해열제를 먹어야지 하고 속생각을 하자니까 아내는 따뜻한 물에 하얀 정제약 네 개를 준다. 이것을 먹고 한잠 푹 — 자고 나면 괜찮다는 것이다. 나는 널름 받아먹었다. 쌉싸름한 것이 짐작 같아서는 아마 아스피린인가 싶다. 나는 다시 이불을 쓰고 단번에 그냥 죽은 것처럼 잠이 들어버렸다.

나는 콧물을 훌쩍훌쩍하면서 여러 날을 앓았다. 앓는 동안에 끊이지 않고 그 정제약을 먹었다. 그러는 동안에 감기도 나았다. 그러나 입맛은 여전히 소태처럼 썼다.

나는 차츰 또 외출하고 싶은 생각이 났다. 그러나 아내는 나더러 외출하지 말라고 이르는 것이다. 이 약을 날마다 먹고 그러고 가만히 누워 있으라는 것이다. 공연히 외출을 하다가 이렇게 감기가 들어서 저를 고생을 시키는 게 아니냐고 한다. 그도 그렇다. 그럼 외출을 하지 않겠다고 맹세하고 그 약을 연복하여 몸을 좀 보해 보리라고 나는 생각하였다.

나는 날마다 이불을 뒤집어쓰고 밤이나 낮이나 잤다. 유난스럽게 밤이나 낮이나 졸려서 견딜 수가 없는 것이다. 나는 이렇게 잠이 자꾸만 오는 것은 내 몸이 훨씬 튼튼해진 증거라고 굳게 믿었다.

나는 아마 한 달이나 이렇게 지냈나 보다. 내 머리와 수염이 좀 너무 자라서 훗훗해서 견딜 수가 없어서 내 거울을 좀 보리라고 아내가 외출한 틈을 타서 나는 아내 방으로 가서 아내의 화장대 앞에 앉아 보았다. 상당하다. 수염과 머리가 참 산란하였다. 오늘은 이발을 좀 하리라 생각하고 겸사겸사 고 화장품 병들 마개를 뽑고 이것저것 맡아 보았다. 한동안 잊어

버렸던 향기 가운데서는 몸이 배배 꼬일 것 같은 체취가 전해 나왔다. 나는 아내의 이름을 속으로만 한번 불러 보았다. '연심(蓮心)이!' 하고…….

오래간만에 돋보기 장난도 하였다. 거울 장난도 하였다. 창에 든 볕이 여간 따뜻한 것이 아니었다. 생각하면 오월이 아니냐.

나는 커다랗게 기지개를 한번 켜 보고 아내 베개를 내려 베고 벌떡 자빠져서는 이렇게도 편안하고도 즐거운 세월을 하느님께 흠씬 자랑하여 주고 싶었다. 나는 참 세상의 아무것과도 교섭을 가지지 않는다. 하느님도 아마 나를 칭찬할 수도 처벌할 수도 없는 것 같다.

그러나 다음 순간, 실로 세상에도 이상스러운 것이 눈에 띄었다. 그것은 최면약 아달린[15] 갑이었다. 나는 그것을 아내의 화장대 밑에서 발견하고 그것이 흡사 아스피린처럼 생겼다고 느꼈다. 나는 그것을 열어 보았다. 똑 네 개가 비었다.

나는 오늘 아침에 네 개의 아스피린을 먹은 것을 기억하고 있었다. 나는 잤다. 어제도 그제도 그끄제도 — 나는 졸려서 견딜 수가 없었다. 나는 감기가 다 나았는데도 아내는 내게 아스피린을 주었다. 내가 잠이 든 동안에 이웃에 불이 난 일이 있다. 그때에도 나는 자느라고 몰랐다. 이렇게 나는 잤다. 나는 아스피린으로 알고 그럼 한 달 동안을 두고 아달린을 먹어 온 것이다. 이것은 좀 너무 심하다.

별안간 아뜩하더니 하마터면 나는 까무러칠 뻔하였다. 나는 그 아달린을 주머니에 넣고 집을 나섰다. 그리고 산을 찾아

15 adalin. 1930년대 사용되던 최면제의 상품명.

올라갔다. 인간 세상의 아무것도 보기가 싫었던 것이다. 걸으면서 나는 아무쪼록 아내에 관계되는 일은 일체 생각하지 않도록 노력하였다. 길에서 까무러치기 쉬우니까 말이다. 나는 어디라도 양지가 바른 자리를 하나 골라서 자리를 잡아 가지고 서서히 아내에 관하여 연구할 작정이었다. 나는 길가의 돌창, 핀 구경도 못하고 진 개나리꽃, 종달새, 돌멩이도 새끼를 까는 이야기, 이런 것만 생각하였다. 다행히 길가에서 나는 졸도하지 않았다.

거기엔 벤치가 있었다. 나는 거기 정좌하고 그리고 그 아스피린과 아달린에 관하여 연구하였다. 그러나 머리가 도무지 혼란하여 생각이 체계를 이루지 않는다. 단 오 분이 못 가서 나는 그만 귀찮은 생각이 버쩍 들면서 심술이 났다. 나는 주머니에 가지고 온 아달린을 꺼내 남은 여섯 개를 한꺼번에 질겅질겅 씹어 먹어 버렸다. 맛이 익살맞다. 그러고 나서 나는 그 벤치 위에 가로 기다랗게 누웠다. 무슨 생각으로 내가 그따위 짓을 했나? 알 수가 없다. 그저 그러고 싶었다. 나는 게서 그냥 깊이 잠이 들었다. 잠결에도 바위틈을 흐르는 물소리가 졸졸 하고 귀에 언제까지나 어렴풋이 들려왔다.

내가 잠을 깨었을 때는 날이 환 — 히 밝은 뒤다. 나는 거기서 일주야를 잔 것이다. 풍경이 그냥 노 — 랗게 보인다. 그 속에서도 나는 번개처럼 아스피린과 아달린이 생각났다.

아스피린, 아달린, 아스피린, 아달린, 마르크스, 맬서스, 마도로스, 아스피린, 아달린.

아내는 한 달 동안 아달린을 아스피린이라고 속이고 내게 먹였다. 그것은 아내 방에서 이 아달린 갑이 발견된 것으로 미루어 증거가 너무나 확실하다.

무슨 목적으로 아내는 나를 밤이나 낮이나 재웠어야 됐나?

나를 밤이나 낮이나 재워 놓고 그러고 아내는 내가 자는 동안에 무슨 짓을 했나?

나를 조금씩 조금씩 죽이려 든 것일까?

그러나 또 생각하여 보면, 내가 한 달을 두고 먹어 온 것은 아스피린이었는지도 모른다. 아내는 무슨 근심되는 일이 있어서 밤이면 잠이 잘 오지 않아서 정작 아내가 아달린을 사용한 것이나 아닌지, 그렇다면 나는 참 미안하다. 나는 아내에게 이렇게 큰 의혹을 가졌다는 것이 참 안됐다.

나는 그래서 부리나케 거기서 내려왔다. 아랫도리가 홰홰 내저이면서 어찔어찔한 것을 나는 겨우 집을 향하여 걸었다. 8시 가까이였다.

나는 내 잘못된 생각을 죄다 일러바치고 아내에게 사죄하려는 것이다. 나는 너무 급해서 그만 또 말을 잊어버렸다.

그랬더니 이건 참 너무 큰일 났다. 나는 내 눈으로는 절대로 보아서 안 될 것을 그만 딱 보아 버리고 만 것이다. 나는 얼떨결에 그만 냉큼 미닫이를 닫고 그러고 현기증이 나는 것을 진정시키느라고 잠깐 고개를 숙이고 눈을 감고 기둥을 짚고 섰자니까 일 초 여유도 없이 홱 미닫이가 다시 열리더니 매무새를 풀어 헤친 아내가 불쑥 내밀면서 내 멱살을 잡는 것이다. 나는 그만 어지러워서 게서 그냥 나동그라졌다. 그랬더니 아내는 넘어진 내 위에 덮치면서 내 살을 함부로 물어뜯는 것이다. 아파 죽겠다. 나는 사실 반항할 의사도 힘도 없어서 그냥 넙적 엎드려 있으면서 어떻게 되나 보고 있자니까 뒤이어 남자가 나오는 것 같더니 아내를 한 아름에 덥석 안아 가지고 방으로 들어가는 것이다. 아내는 아무 말 없이 다소곳이 그렇게

안겨 들어가는 것이 내 눈에 여간 미운 것이 아니다. 밉다.

아내는 너 밤새워 가면서 도둑질하러 다니느냐, 계집질하러 다니느냐고 발악이다. 이것은 참 너무 억울하다. 나는 어안이 벙벙하여 도무지 입이 떨어지지를 않았다.

너는 그야말로 나를 살해하려던 것이 아니냐고 소리를 한 번 꽥 질러 보고도 싶었으나 그런 긴가민가한 소리를 섣불리 입 밖에 내었다가는 무슨 화를 볼지 알 수 있나. 차라리 억울하지만 잠자코 있는 것이 우선 상책인 듯싶은 생각이 들길래 나는 이것은 또 무슨 생각으로 그랬는지 모르지만 툭툭 털고 일어나서 내 바지 포켓 속에 남은 돈 몇 원 몇십 전을 가만히 꺼내서는 몰래 미닫이를 열고 살며시 문지방 밑에다 놓고 나서는 그냥 줄달음질을 쳐서 나와 버렸다.

여러 번 자동차에 치일 뻔하면서 나는 그대로 경성역을 찾아갔다. 빈자리와 마주 앉아서 이 쓰디쓴 입맛을 거두기 위하여 무엇으로나 입가심을 하고 싶었다.

커피 ―. 좋다. 그러나 경성역 홀에 한 걸음을 들여놓았을 때 나는 내 주머니에는 돈이 한 푼도 없는 것을, 그것을 깜빡 잊었던 것을 깨달았다. 또 아뜩하였다. 나는 어디선가 그저 맥없이 머뭇머뭇하면서 어쩔 줄을 모를 뿐이었다. 얼빠진 사람처럼 그저 이리 갔다 저리 갔다 하면서…….

나는 어디로 어디로 들입다 쏘다녔는지 하나도 모른다. 다만 몇 시간 후에 내가 미쓰코시[16] 옥상에 있는 것을 깨달았을 때는 거의 대낮이었다.

나는 거기 아무 데나 주저앉아서 내 자라 온 스물여섯 해

16 일본어 三越, 미쓰코시 백화점.

를 회고하여 보았다. 몽롱한 기억 속에서는 이렇다 할 아무 제목도 불거져 나오지 않았다.

나는 또 나 자신에게 물어보았다. 너는 인생에 무슨 욕심이 있느냐고. 그러나 있다고도 없다고도, 그런 대답은 하기가 싫었다. 나는 거의 나 자신의 존재를 인식하기조차도 어려웠다.

허리를 굽혀서 나는 그저 금붕어나 들여다보고 있었다. 금붕어는 참들 잘 키웠다. 작은 놈은 작은 놈대로 큰 놈은 큰 놈대로 다 싱싱하니 보기 좋았다. 내리비치는 오월 햇살에 금붕어들은 그릇 바탕으로 그림자를 내려뜨렸다. 지느러미는 하늘하늘 손수건을 흔드는 흉내를 낸다. 나는 이 지느러미 수효를 헤아려 보기도 하면서 굽힌 허리를 좀처럼 펴지 않았다. 등허리가 따뜻하다.

나는 또 회탁의 거리를 내려다보았다. 거기서는 피곤한 생활이 똑 금붕어 지느러미처럼 흐늑흐늑 허비적거렸다. 눈에 보이지 않는 끈적끈적한 줄에 엉켜서 헤어나지들을 못한다. 나는 피로와 공복 때문에 무너져 들어가는 몸뚱이를 끌고 그 회탁의 거리 속으로 섞여 들어가지 않는 수도 없다 생각하였다.

나서서 나는 또 문득 생각하여 보았다. 이 발길이 지금 어디로 향하여 가는 것인가를…….

그때 내 눈앞에는 아내의 모가지가 벼락처럼 내려 떨어졌다. 아스피린과 아달린.

우리들은 서로 오해하고 있느니라. 설마 아내가 아스피린 대신에 아달린 정량을 나에게 먹여 왔을까? 나는 그것을 믿을 수가 없다. 아내가 대체 그럴 까닭이 없을 것이니 그러면 나는 날밤을 새면서 도적질을, 계집질을 하였나? 정말이지 아니다.

우리 부부는 숙명적으로 발이 맞지 않는 절름발이인 것이다. 나나 아내나 제 거동에 로직을 붙일 필요는 없다. 변해할 필요도 없다. 사실은 사실대로 오해는 오해대로 그저 끝없이 발을 절뚝거리면서 세상을 걸어가면 되는 것이다. 그렇지 않을까?

그러나 나는 이 발길이 아내에게로 돌아가야 옳은가 이것만은 분간하기가 좀 어려웠다. 가야 하나? 그럼 어디로 가나?

이때 뚜 — 하고 정오 사이렌이 울었다. 사람들은 모두 자기 활개를 펴고 닭처럼 푸드덕거리는 것 같고 온갖 유리와 강철과 대리석과 지폐와 잉크가 부글부글 끓고 수선을 떨고 하는 것 같은 찰나, 그야말로 현란을 극한 정오다.

나는 불현듯이 겨드랑이가 가렵다. 아하, 그것은 내 인공의 날개가 돋았던 자국이다. 오늘은 없는 이 날개, 머릿속에서는 희망과 야심이 말소된 페이지가 딕셔너리 넘어가듯 번뜩였다.

나는 걷던 걸음을 멈추고 그러고 어디 한번 이렇게 외쳐 보고 싶었다.

날개야, 다시 돋아라.

날자. 날자. 날자. 한 번만 더 날자꾸나.

한 번만 더 날아 보자꾸나.

지주회시(鼅鼄會豕)[17]

1

그날밤에그의아내가층계에서굴러떨어지고 — 공연히내일일을글탄[18]말라고 어느눈치빠른어른이 타일러놓셨다. 옳고말고다. 그는하루치씩만잔뜩산〔生〕다. 이런복음에곱신히그는 벙어리(속지말라.)처럼말〔言〕이없다. 잔뜩산다. 아내에게무엇을물어보리오? 그러니까아내는대답할일이생기지않고 따라서부부는식물처럼조용하다. 그러나식물은아니다. 아닐뿐아니라여간동물이아니다. 그래서그런지그는이귤궤짝만한방안에무슨연줄로언제부터이렇게있게되었는지도무지기억에없다. 오늘다음에오늘이있는것. 내일조금전에오늘이있는것. 이런것은영따지지않기로하고 그저 얼마든지 오늘 오늘 오늘

17 1936년 6월 《중앙(中央)》(230~242쪽)에 발표된 작품으로, 띄어쓰기는 원저를 따랐다.

18 '글탄하다.'는 '끌탕하다.'의 옛말이며, '속을 태우며 걱정하다.'라는 뜻이다.

오늘 하릴없이눈가린마차말의동강난시(視)야다. 눈을뜬다. 이번에는생시가보인다. 꿈에는생시를꿈꾸고생시에는꿈을꿈꾸고 어느것이나재미있다. 오후네시. 옮겨앉은아침 — 여기가아침이냐. 날마다다. 그러나물론그는한번씩한번씩이다.(어떤거대한모(母)체가나를여기다갖다버렸나.) — 그저한없이게으른것 — 사람노릇을하는체대체어디얼마나기껏게으를수있나좀해보자. — 게으르자. — 그저한없이게으르자. — 시끄러워도그저모른체하고게으르기만하면다된다. 살고게으르고죽고 — 가로대사는것이라면떡먹기다. 오후네시. 다른시간은다어디갔나. 대수냐. 하루가한시간도없는것이라기로서니무슨성화가생기나.

또 거미. 아내는꼭거미. 라고그는믿는다. 저것이어서도로환투[19]를하여서거미형상을나타내었으면 — 그러나거미를총으로쏘아죽였다는이야기는들은일이없다. 보통 발로밟아죽이는데 신발신기커녕일어나기도싫다. 그러니까마찬가지다. 이방에 그외에또생각하여보면 — 맥이뼈를디디는것이빤히보이고, 요밖으로내어놓는팔뚝이밴댕이처럼꼬스르하다.— 이방이그냥거민게다. 그는거미속에가넓적하게드러누워있는게다. 거미냄새다. 이후덥지근한냄새는 아하 거미냄새다. 이방안이거미노릇을하느라고풍기는흉악한냄새에틀림없다. 그래도그는아내가거미인것을잘알고있다. 가만둔다. 그리고기껏게을러서아내 — 인(人)거미 — 로하여금육체의자리 — (혹, 틈)를주지않게한다.

방밖에서아내는부시럭거린다. 내일아침보다는너무이르

19 '환퇴(幻退)'의 오식. 환생(幻生).

고그렇다고오늘아침보다는너무늦은아침밥을짓는다. 예이덧문을닫는다. (민활하게)방안에색종이로바른반닫이가없어진다. 반닫이는참보기싫다. 대체세간이싫다. 세간은어떻게하라는것인가. 왜오늘은있나. 오늘이있어서 반닫이를보아야되느냐. 어둬졌다. 계속하여게으른다. 오늘과반닫이가없어져라고. 그러나아내는깜짝놀란다. 덧눈을닫는 — 남편 — 잠이나자는남편이덧문을닫았더니생각이많다. 오줌이마려운가 — 가려운가. — 아니저인물이왜잠을깨었나. 참신통한일은 — 어쩌다가저렇게사(生)는지. — 사는것이신통한일이라면또생각하여보면자는것은더신통한일이다. 어떻게저렇게자나? 저렇게도많이자나? 모든일이희한한일이었다. 남편. 어디서부터어디까지가부부람 — 남편 — 아내가아니라도그만아내이고마는고야. 그러나남편은아내에게무엇을하였느냐. — 담벼락이라고외풍이나가려주었더냐. 아내는생각하다보니까참무섭다는듯이 — 또정말이지무서웠겠지만. — 이닫은덧문을얼른열고 늘들어도처음듣는것같은목소리로어디말을건네본다. 여보 — 오늘은크리스마스요. — 봄날같이따뜻(이것이원체틀린화근이다.)하니 수염좀깎소.

도무지그의머리에서 그 거미의어렵디어려운발들이사라지지않는데 들은 크리스마스라는한마디말은참서늘하다. 그가어쩌다가그의아내와부부가되어버렸나. 아내가그를따라온것은사실이지만 왜따라왔나?아니다. 와서왜가지않았나 — 그것은분명하다. 왜가지않았나 이것이분명하였을때 — 그들이부부노릇을한지 일년반쯤된때 — 아내는갔다. 그는아내가왜갔나를알수없었다. 그까닭에도저히아내를찾을길이없었다. 그런데아내는왔다. 그는왜왔는지알았다. 지금그는아내가왜안가는지를알고있다. 이것은분명히왜갔는지모르게아내가가버릴징조에틀림없다. 즉 경험에의하면그렇다. 그는그렇다고왜안가는지를일부러몰라버릴수도없다. 그냥 아내가설사또간다고하더라도왜안오는지를잘알고있는그에게로불쑥돌아와주었으면하고바라기나한다.

수염을깎고 첩첩이닫아버린번지에서나섰다. 딴은크리스마스가봄날같이따뜻하였다. 태양이그동안에퍽자란가도싶었다. 눈이부시고 — 또몸이까칫까칫도하고 — 땅은힘이들고 두꺼운벽이더덕더덕붙은빌딩들을쳐다보는것은보는것만으로도넉넉히숨이차다. 아내흰양말이고동색털양말로변한것 — 계절은방속에서묵는그에게겨우제목만을전하였다. 겨울 — 가을이가기도전에내닥친겨울에서 처음으로인사비슷이기침을하였다. 봄날같이따뜻한겨울날 — 필시이런날이세상에흔히있는공일날이나아닌지. — 그러나바람은뺨에도콧방울에도차다. 저렇게바쁘게씨근거리는 사람 무거운통 짐 구두 사냥개 야단치는소리 안열린들창 모든것이 견딜수없이답답하다. 숨이막힌다. 어디로가볼까. (A취인점(取引店)) (생각나는명함) (오(吳)군) (자랑마라) (이십사일날월급이든가.) 동행이라도있는듯이그는팔짱을내저으며싹둑싹둑썰어붙인것같이얄팍한A취인점담벼락을빼빼싸고돌다가 이속에는무엇이있나. 공기? 사나운공기리라. 살을저미는 — 과연보통공기가아니었다. 눈에핏줄 — 새빨갛게달은전화 — 그의허섭수룩한몸은금시에타죽을것같았다. 오(吳)는어느회전의자에병마개모양으로명쳐있었다. 꿈과같은일이다. 오(吳)는장부를뒤져 주소씨명을차곡차곡써내려가면서미남자인채로생동생동(살고)있었다. 조사부라는패가붙은방하나를독차지하고 방사벽에

다가는빈틈없이방안(方眼)지에그린그림아닌그림을발라놓았다. "저런걸많이연구하면대강은짐작이나서렷다." "도통하면돈이돈같지않아지느니." "돈같지않으면그럼방안지같은가." "방안지?" "그래도통은?" "흐흠 — 나는도로그림이그리고싶어지데." 그러나오(吳)는야위지않고는배기기어려웠던가싶다. 술 — 그럼 색? 오(吳)는완전히오(吳)자신을활활열어젖혀놓은모양이었다. 흡사 그가 오(吳)앞에서나세상앞에서나그자신을첩첩이닫고있듯이. 오냐 왜그러니 나는거미다. 연필처럼야위어가는것 — 피가지나가지않는혈관 — 생각하지않고도없어지지않는머리 — 칵막힌머리 — 코없는생각 — 거미거미속에서 안나오는것 — 내다보지않는것 — 취하는것 — 정신없는것 — 방 — 버선처럼생긴방이었다. 아내였다. 거미라는탓이었다.

오(吳)는주소씨명을멈추고그에게담배를내밀었다. 그러자연기를가르면서문이열렸다. (퇴사시간)뚱뚱한사람이말처럼달려들었다. 뚱뚱한신사는오(吳)와깨끗하게인사를한다. 가느다란몸집을한오(吳)는굵은목소리를굵은몸집을한신사는가느다란목소리로주고받고하는신선한회화다. "사장께서는나가셨나요?" "네—참이백명이좀넘는데요." "넉넉합니다먼저오시겠지요." "한시간쯤미리가지요." "에 — 또 에 — 또 에또 에또 그럼그렇게알고." "가시겠습니까."

툭탁하고나더니뚱뚱한신사는곁에앉은그를흘깃보고 고개를돌리고그저나갈듯하다가다시흘깃본다. 그는 — 내인사를하면어떻게되더라? 하고망싯망싯하다가그만얼떨결에꾸뻑인사를하여버렸다. 이무슨염치없는짓인가. 뚱뚱신사는인사를받더니받아가지고는그냥싱긋웃듯이나가버렸다. 이무슨

모욕인가. 그의귀에는뚱뚱신사가대체누군가를생각해보는동안에도"어떠십니까."는그뚱뚱신사의손가락질같은말한마디가남아서웽웽한다.어떠냐니무엇이어떠냐누 — 아니그게누군가. — 옳아옳아. 뚱뚱신사는바로그의아내가다니고있는카페R회관주인이었다. 아내가또온것 서너달전이다. 와서그를먹여살리겠다는것이었다. 빚'백원'을얻어쓸때그는아내를앞세우고뚱뚱이보는데타원형도장을찍었다. 그때 유카다[20]입고내려다보던눈에서느낀굴욕을오늘이라고잊었을까. 그러나 그는이게누군지도채생각나기전에어언간이뚱뚱이에게고개를수그리지않았나. 지금. 지금. 골수에스미고말았나보다. 칙칙한근성이 — 모르고그랬다고하면말이될까? 더럽구나. 무슨구실로변명하여야되나. 에잇!에잇!아무것도차라리억울해하지말자. — 이렇게맹세하자. 그러나그의뺨이화끈화끈달았다. 눈물이새금새금맺혀들어왔다. 거미 — 분명히그자신이거미였다. 물부리처럼야위어들어가는아내를빨아먹는거미가 너 자신인것을깨달아라. 내가거미다. 비린내나는입이다. 아니 아내는그럼그에게서아무것도안빨아먹느냐. 보렴 — 이파랗게질린수염자국 — 퀭한눈 — 늘씬하게만연되나마나하는형용없는영양을 — 보아라. 아내가거미다. 거미아닐수있으랴. 거미와거미거미와거미냐. 서로빨아먹느냐. 어디로가나. 마주야위는까닭은무엇인가. 어느날아침에나뼈가가죽을찢고내밀리려는지 — 그손바닥만한아내의이마에는땀이흐른다. 아내의이마에손을얹고 그래도여전히그는 잔인하게 아내를밟았다. 밟히는아내는삼경이면쥐소리를지르며찌그러지곤한다. 내일아

20 일본인의 겉옷. 목욕을 한 뒤 입거나 여름철에 입는 무명 홑옷.

침에펴지는염낭[21]처럼. 그러나아주까리같은사치한꽃이핀다. 방은밤마다홍수가나고 이튿날이면쓰레기가한삼태기씩이나 났고 — 아내는이묵직한쓰레기를담아가지고늦은아침 — 오후네시 — 뜰로내려가서그도대리하여두사람치의해를보고들어온다. 금긋듯이아내는작아들어갔다. 쇠와같이독한꽃 — 독한거미 — 문을닫자. 생명에뚜껑을덮었고 사람과사람이사귀는버릇을닫았고그자신을닫았다. 온갖벗에서 — 온갖관계에서 — 온갖희망에서 — 온갖욕(慾)에서 — 그리고 온갖욕에서 — 다만방안에서만그는활발하게발광할수있었다. 미역핥듯핥을수도있었다. 전등은그런숨결때문에곧잘꺼졌다. 밤마다이방은고달팠고 뒤집어엎었고 방안은기어병들어가면서도빠득빠득버티고있다. 방안은쓰러진다. 밖에와있는세상 — 암만기다려도그는나가지않는다. 손바닥만한유리를통하여 꾸꾸이걸어가는세월을볼수있을따름이었다. 그러나밤이그유리조각마저도얼른얼른닫아주었다. 안된다고.

그러자오(吳)는그의무색해하는것을볼수없다는듯이들창셔터를내렸다. 자 나가세. 그는여기서나가지않고그냥그의방으로돌아가고싶었다. (육원짜리셋방) (방밖에없는방) (편한방) 그럴수는없나. "그뚱뚱이어떻게아나?" "그저알지." "그저라니." "그저." "친헌가." "천만에 — 대체그게누군가." "그거 — 그건가부꾼[22]이지.— 우리취인점허구는 돈만원거래나있지." "흠." "개천에서용이나려니까." "흠."

21 아가리에 잔주름을 잡고, 끈 두 개를 양쪽에 꿰어서 여닫게 한 주머니. 두루주머니.

22 일본어 '가부(株)'에 '꾼'이 결합한 말. 여기서는 돈놀이꾼을 의미하는 듯하다.

R카페는뚱뚱의부업인모양이었다. 내일밤은A취인점이고객을초대하는망년회가R카페삼층홀에서열릴터이고오(吳)는그준비를맡았단다. 이따가느지막해서 오(吳)는R회관에좀들른단다. 그들은찻점에서우선홍차를마셨다. 크리스마스트리곁에서축음기가깨끗이울렸다. 두루마기처럼기다란털외투 — 기름바른머리 — 금시계 — 보석박힌넥타이핀 — 이런모든오(吳)의차림차림이한없이그의눈에거슬렸다. 어쩌다가저지경이되었을까. 아니. 내야말로어쩌다가이모양이되었을까. (돈이었다.)사람을속였단다. 다털어먹은후에는볼품좋게여비를주어서쫓는것이었다. 삼십까지백만원. 주체할수없이달라붙는계집. 자네도공연히꾸물꾸물하지말고 청춘을이렇게대우하라는것이었다. (거침없는오(吳)이야기) 어쩌다가아니 — 어쩌다가나는이렇게훨씬물러앉고말았나를알수가없었다. 다만모든이런오(吳)의저속한큰소리가맹탕거짓말같기도하였으나 또아니부러워할래야아니부러워할수없는 형언안되는것이확실히있는것도같았다.

지난봄에오(吳)는인천에있었다. 십년 — 그들의깨끗한우정이꿈과같은그들의소년시대를그냥아름다운것으로남기게하였다. 아직싹트지않은이른봄 건강이없는그는오(吳)와사직공원산기슭을같이걸으며 오(吳)가긴히이야기해야겠다는이야기를듣고있었다. 너무나뜻밖의일은 — 오(吳)의아버지는백만의가산을날리고마지막경매가완전히끝난것이바로엊그제라는 — 여러형제가운데이오(吳)에게만단한줄기촉망을두는늙은기미호걸[23]의애끊는글을오(吳)는속주머니에서꺼

23 '기미호걸'은 미두(米豆)장이를 하던 오 군의 아버지를 가리키는 말이다. '기미

내보이고 — 저버릴수없는마음이 — 오(吳)는운다. — 우리 일생의일로정하고있던화필을요만일에버리지않으면안되겠느냐는 — 전에도후에도한번밖에없는오(吳)의종종한[24]고백이었다. 그때그는봄과함께건강이오기만눈이빠지게고대하던 차 — 그도속으로화필을던진지오래였고 — 묵묵히멀지않아 쪼개질축축한지면을굽어보았을뿐이었다. 그리고뒤미처태풍이왔다. 오너라 — 내생활을좀보아라. — 이런오(吳)의부름을빙그레웃으며 그는인천의오(吳)를들렀다. 사사(四四) — 벽적대는해안통 — K취인점사무실 — 어디로갔는지모르는오(吳)의형영깎은듯한오(吳)의집무태도를그는여전히건강이없는눈으로어이없이들여다보고오는날을오는날을탄식하였다. 방은전화자리하나를남기고빽빽히방안지로메꿔져있었다. 낡기도전에갈리는방안지위에붉은선푸른선의높고낮은것 — 오(吳)의얼굴은일시일각이한결같지않았다. 밤이면오(吳)를 따라양철조각같은바(bar)로얼마든지쏘다닌다음 — (시키시마[25]) — 나날이축가는몸을다스릴수없었건만 이상스럽게오(吳)는여섯시면깨었고깨어서는쇄등잔같은눈알을이리굴리고저리굴리고 빨간뺨이까딱하지않고아홉시까지는해안통사무실에낙자없이있었다. 피곤하지않은오(吳)의몸이아마금강력과함께 — 필연 — 무슨도(道)고도를통하였나보다. 낮이면 오(吳)의아버지는울적한심사를하나남은가야금에붙이고이따금자그마한수첩에믿는아들에게서걸리는전화를만족한듯이

(期米)'는 '정기미(定期米)'라는 뜻이며, 양곡 거래소에서 정기 거래의 목적물이 되는 쌀을 말한다.

24 종종(淙淙)하다. 물이 흐르는 소리가 나다.

25 敷島. 원뜻은 일본 '야마토(大和國)'의 다른 이름이다. 여기서는 '바'의 상호.

적는다. 미닫이를열면경인열차가가끔보인다. 그는오의털외투를걸치고월미도뒤를돌아드문드문아직도덜진꽃나무사이잔디위에자리를잡고반듯이누워서봄이오고건강이아니온것을글탄하였다. 내다보이는바다 — 개흙밭위로바다가한벌드나들더니날이저물고저물고하였다. 오후네시오(吳)는휘파람을불며이날마다같은잔디로그를찾아온다. 천막친데서흔들리는포터블을들으며차를마시고사슴을보고너무긴방죽중간에서좀선선한아이스크림을사먹고굴캐는것좀보고오방(吳房)에서신문과저녁이정답게끝난다. 이러한달 — 오월 — 그는바로그잔디위에서어느덧배따라기를배웠다. 흉중에획책하던일이날마다한켜씩바다로흩어졌다. 인생에대한끝없는주저를잔뜩지니고 인천서돌아온그의방에서는아내의자취를찾을길이없었다. 부모를배역한이런아들을아내는기어이이렇게잘떨겨주는구나 — (문학) (시) 영구히인생을망설거리기위하여길아닌길을내디뎠다그러나또튀려는마음 — 삐뚤어진젊음 (정치) 가끔그는투어리스트뷰로[26]에전화를걸었다. 원양항해의배는늘방안에서만기적도불고입항도하였다. 여름이그가땀흘리는동안에가고 — 그러나그의등의땀이걷히기전에왕복엽서모양으로아내가초조히돌아왔다. 낡은잡지속에섞여서배고파하는그를먹여살리겠다는것이다. 왕복엽서 — 없어진반 — 눈을감고아내의살에서허다한지문내음새를맡았다. 그는그의생활의서술에귀찮은공을쳤다. 끝났다. 먹여라먹으마 — 머리도잘라라. — 머리지지는십전짜리인두 — 속옷밖에필요치않은하루 — R카페 — 뚱뚱한유카다앞에서얻은백원 — 그러나

26 tourist bureau. 여행사.

그백원을그냥쥐고인천오(吳)에게로달려가는그의귀에는지난 오월오(吳)가 — 백원을가져오너라우선석달만에 백원내놓고 오백원을주마. — 는분간할수없지만너무든든한한마디말이 쟁쟁하였던까닭이다. 그리고도전하는그에게아내는제발이저려그랬겠지만잠자코있었다. 당하였다. 신문에서배시간표를 더러보기도하였다. 오(吳)는두서너번편지로그의그런생활태도를여간칭찬한것이아니다. 오(吳)가경성으로왔다. 석달은한달전에끝이났는데 — 오(吳)는인천서오(吳)에게버는족족털어바치던아내(라고오(吳)는결코부르지않았지만.)를벗어버리고 — 그까짓것은하여간에오(吳)의측량할수없는깊은우정은 그넉달전의일도또한달전에으레있었어야할일도광풍제월같이잊어버린 — 참반가운편지가요며칠전에 그의닫은생활을 뚫고들어왔다. 그는가을과겨울을잤다. 계속하여자는중이었다. — 예이그래이사람아한번파치[27]가된계집을또데리고살다니하는오(吳)의필시그럴공연한쑤석질도싫었었고 — 그러나크리스마스 — 아니다. 어디그꿩구워먹은좋은얼굴을좀보아두자 — 좋은얼굴 — 전날의오(吳) — 그런것이지. — 주체할수없게되기전에여기다가동그라미를하나쳐두자. — 물론 아내는아무것도모른다.

2

그날밤에아내는멋없이층계에서굴러떨어졌다. 못났다.

27 파손되어서 못 쓰게 된 물건.

도저히알아볼수없는이긴가민가한오(吳)와그는어디서 술을먹었다. 분명히아내가다니고있는R회관은아닌그러나 역시그는그의아내와조금도틀린곳을찾을수없는너무많은 그의아내들을보고소름이끼쳤다. 별의별세상이다. 저렇게 해놓으면어떤것이어떤것인지 — 오 — 가는것을보면알겠군. — 두시에는남편노릇하는사람들이일일이영접하러오는그들여급의신기한생활을그는들어알고있다. 아내는마중오지않는그를애정을구실로몇번이나책망하였으나 들키면 어떻게하려느냐. — 누구에게 — 즉 — 상대는보기싫은넓적하게생긴세상이다. 그는이왔다갔다하는똑같이생긴화장품 — 사실화장품의고하가그들을구별시키는외에는표난데라고는영없었다. — 얼숭덜숭한아내들을두리번두리번돌아보았다. 헤헤 — 모두그렇겠지. — 가서는방에서 — (참당신은너무닮았구려.) — 그러나내아내는화장품을잘사용하지않으니까. — 아내의파리한바탕주근깨 — 코보다작은코, 입보다얇은입 — (화장한당신이화장안한아내를닮았다면?) — "용서하오." — 그러나내아내만은 왜그렇게야위나. 무엇때문에(네죄) (네가모르느냐.) (알지.) 그러나이여자를좀보아라. 얼마나이글이글하게살이알르냐 잘쪘다. 곁에와앉기만하는데도후끈후끈하는구나. 오(吳)의귓속말이다. "이게마유미야이뚱뚱보가 — 하릴없이양돼진데좋아좋단말이야. — 금알낳는게사니이야기[28]알지(알지.)즉화수분이야. — 하룻저녁에삼원사원오원 — 잡힐물건이없는데돈주는전당국이야(정말?)아 — 나의사랑하는마유미거든." 지금쯤은아내도저짓을하렷다. 아프

28 황금 알을 낳는 거위 이야기. '게사니'는 '거위'의 사투리.

다. 그의찌푸린얼굴을얼른오(吳)가껄껄웃는다. 흥 — 고약하지. — 하지만들어보게. — 소바[29]에계집은절대금물이다. 그러나살을저며먹이려고달려드는것을어쩌느냐 (옳다옳다.) 계집이란무엇이냐돈없이계집은무의미다 — 아니, 계집없는돈이야말로무의미다. (옳다옳다.) 오(吳)야어서다음을계속하여라. 따면따는대로금시계를산다몇개든지, 또보석, 털외투를산다, 얼마든지비싼것으로. 잃으면그놈을끄린다옳다. (옳다옳다.) 그러나이짓은좀안타까운걸. 어떻게하는고하니계집을하나찰짜[30]로골라가지고 쓱 시계보석을사주었다가도로빼앗아다가끄리고 또사주었다가또빼앗아다가끄리고 — 그러니까사주기는사주었는데그놈이평생가야제것이아니고내것이거든. — 쓱얼마를그런다음에는 — 그러니까꼭여급이라야만쓰거든. — 하룻저녁에아따얼마를벌든지버는대로털거든. — 살을저며먹이려드는데하루에아삼사원털기쯤 — 보석은또여전히사주니까남는것은없어도여러번사준폭되고내가거미지, 거민줄알면서도 — 아니야, 나는또제요구를안들어주는것은아니니까. — 그렇지만셋방하나얻어가지고 같이살자는데는학질이야. — 여보게거기까지만가면삼십까지백만원꿈은세봉[31]이지. (옳다?옳다?) 소바란놈이따가부자되는수효보다는지금거지되는수효가훨씬더많으니까, 다, 저런것이하나있어야든든하지. 즉배수진을쳐놓자는것이다. 오(吳)는현명하니까이금알낳는게사니배를가를리는천만만무다. 저더덕덕

29 일본어 相場. 여기서는 미두(米豆) 또는 미두장이를 가리킨다.

30 성질이 수더분하지 않고 몹시 깐깐한 사람.

31 좋지 않은 일, 큰 탈이 날 일을 이르는 속어.

덕붙은볼따구니두껍다란입술이생각하면다시없이귀엽기도 할밖에.

그의눈은주기로하여차차몽롱하여들어왔다개개풀린시선이그마유미라는고깃덩어리를부러운듯이살피고있었다. 아내 — 마유미 — 아내 — 자꾸말라들어가는아내 — 꼬챙이같은아내 — 그만좀마르지. — 마유미를좀보려무나. — 넓적한잔등이푼더분한폭, 폭(幅), 폭을 — 세상은고르지도못하지. — 하나는옥수수과자모양으로무럭무럭부풀어오르고하나는눈에보이듯이오그라들고 — 보자어디좀보자. — 인절미굽듯이부풀어올라오는것이눈으로보이렸다. 그러나그의눈은어항에든금붕어처럼눈자위속에서그저오르락내리락꿈틀거릴뿐이었다. 화려하게웃는마유미의복스러운얼굴이해초처럼느리게움직이는것이희미하게보일뿐이었다. 오(吳)는이런코를찌르는화장품속에서웃고소리지르고손뼉을치고또웃었다.

왜오(吳)에게만저런강력한것이있나. 분명히오(吳)는마유미에게여위지못하도록금하여놓았으리라. 명령하여놓았나보다. 장하다. 힘. 의지. —? 그런강력한것 — 그런것은어디서나오나. 내 — 그런것만있다면이노릇안하지. — 일하지. — 하여도잘하지. — 들창을열고뛰어내리고싶었다. 아내에게서그악착한끄나풀을끌러던지고훨훨줄달음박질을쳐서달아나버리고싶었다. 내의지가작용하지않는온갖것아, 없어져라. 닫자. 첩첩이닫자. 그러나이것도힘이아니면 무엇이랴 — 시뻘겋게상기한눈이살기를띠고명멸하는황홀경담벼락에숨쉬일구멍을찾았다. 그냥벌벌떨었다. 텅비인골속에회오리바람이일어난것같이완전히전후를가리지못하는일개그는추잡한취한으로화하고말았다.

그때마유미는그의귀에다대이고속삭인다. 그는목을움칫하면서혀를내밀어널름널름하여보였다. 그러나저러나너무먹었나보다 — 취하기도취하였거니와이것은배가좀너무부르다. 마유미무슨이야기요. "저이가거짓말쟁인줄제가모르는줄아십니까. 알아요(그래서)미술가라지요. 생딴전을해놓겠지요. 좀타일러주세요 — 어림없이그러지말라구요. — 이마유미는속는게아니라구요. — 제가이러는게그야좀반하긴반했지만. — 선생님은아시지요(알고말고.)어쨌든저따위끄나풀이한마리있어야삽니다. (뭐? 뭐?)생각해보세요 — 그래하룻밤에삼사원씩벌어야뭣에다쓰느냐말이에요. — 화장품을사나요?옷감을끊나요하긴한두번아니여남은번까지는아주비싼놈으로골라서그짓도하지요 — 하지만허구한날화장품을사나요옷감을끊나요?거기다뭐하나요. — 얼마못가서싫증이납니다. — 그럼거지를주나요? 아이구참 — 이세상에서제일미운게거집니다. 그래두저런끄나풀을한마리가지는게화장품이나옷감보다는훨씬낫습니다. 좀처럼싫증나는법이없으니까요 — 즉남자가외도하는 — 아니 — 좀다릅니다. 하여간싸움을해가면서벌어다가그날저녁으로저끄나풀한테빼앗기고나면 — 아니송두리째갖다바치고나면속이시원합니다. 구수합니다. 그러니까저를빨아먹는거미를제손으로기르는세음이지요. 그렇지만또이허전한것을저끄나풀이다수굿이채워주거니하면아까운생각은커녕즈이가되려거민가싶습니다. 돈을한푼도벌지말면그만이겠지만인제그만해도이생활이살에척배어버려서얼른그만두기도어렵고 허자니그러기는싫습니다. 이를북북갈아제쳐가면서기를쓰고빼앗습니다."

양말 — 그는아내의양말을생각하여보았다. 양말사이에

서는신기하게도 밤마다지폐와은화가나왔다. 오십전짜리가 딸랑하고방바닥에굴러떨어질때 듣는그음향은이세상아무것에도 비길수없는가장숭엄한감각에틀림없었다. 오늘밤에는 아내는또몇개의그런은화를정강이에서배앝아놓으려나그북어와같은종아리에난돈자국 — 돈이살을파고들어가서 — 고놈이아내의정기를속속들이빨아내이나보다. 아 — 거미 — 잊어버렸던거미 — 돈도거미 — 그러나눈앞에놓여있는너무나튼튼한쌍거미 — 너무튼튼하지않으냐. 담배를한대피워물고 — 참 — 아내야. 대체내가무엇인줄알고죽지못하게이렇게먹여살리느냐 — 죽는것 — 사는것 — 그는천하다. 그의존재는너무나우스꽝스럽다. 스스로지나치게비웃는다.

그러나 — 두시 — 그황홀한동굴 — 방(房) — 을향하여그의걸음은빠르다. 여러골목을지나 — 오(吳)야너는너갈데로가거라. — 따뜻하고밝은들창과들창을볼적마다 — 닭 — 개 — 소는이야기로만 — 그리고그림엽서 — 이런펄펄끓는심지를부여잡고그화끈화끈한방을향하여쏟아지듯이몰려간다. 전신의피 — 무게 — 와있겠지. — 기다리겠지. — 오래간만에취한실없는사건 — 허리가녹아나도록이녀석 — 이녀석 — 이엉뚱한발음 — 숨을힘껏들이쉬어두자. 숨을힘껏쉬어라. 그리고참자. 에라. 그만아주미쳐버려라.

그러나웬일일까. 아내는방에서기다리고있지않았다. 아하 — 그날이왔구나. 왜갔는지모르는데가버리는날 — 하필? 그러나 (왜왔는지알기전에) 왜갔는지모르고 지내는중에 너는또오려느냐 — 내친걸음이다. 아니 — 아주단아버릴까. 수챗구멍에빠져서라도선불리세상이업신여기려도업신여길수없도록 — 트집거리를주어서는안된다. R카페 — 내일A취인점이고객을초대하는망년회를열 — 아내 — 뚱뚱주인이받아가지고간 내인사 — 이저주받아야할R카페의뒷문으로하여주춤주춤그는조바[32]에그의협수룩한꼴을나타내었다. 조바내다안다 — 너희들이얼마에사다가얼마에파나. — 알면무엇을하나. — 여보안경쓴부인말좀물읍시다. (아이구복작거리기도한다이속에서어떻게들사누.) 부인은통신부같이생긴종잇조각에차례차례도장을하나씩만찍어준다. 아내는일상말하였다. 얼마를벌든지일원씩만갚는법이라고 — 딴은무이자다. — 어째서무이자냐. — (아느냐.) — 돈이 — 같지않더냐. — 그야말로도통을하였느냐. 그래"나미코가어디있습니까." "댁에서오셨나요지금경찰서에가있습니다." "뭘잘못했나요." "아아니 — 이거어째이렇게칠칠치가못할까."는듯이칼을들고나온쿡이똑똑히좀들으라는이야기다. 아내는층계에서굴러떨어졌다. 넌왜요렇게빼빼말랐니 — 아야아야노세요말좀해봐아야아야노세요. (눈물이핑돌면서) 당신은왜그렇게양돼지모양으로살이쪘소오 — 뭐이, 양돼지? — 양돼지가아니고. — 에이발칙한것. 그래서발길로채였고채여서는층계에서굴러떨어졌고굴러떨어졌으니분하고 — 모두분하다. "과히다치지는않았지만 그런놈은버릇을좀가르쳐주어야하느니그래경관은내가불렀소이다."말라깽이라고그런점잖은손님의농담에어찌외람히말대꾸를하였으며말대꾸도유분수지양돼지라니 — 그래생각해보아라네가말라깽이가아니고무엇이냐. — 암. — 내라도양돼지소리를듣고는 — 아니말라깽이소리를듣고는 — 아

32 일본어 帳場. 상점, 여관, 요리점 등에서 장부를 기록하거나 돈을 계산하는 곳. 카운터.

니양돼지소리를듣고는 — 아니다아니다말라깽이소리를듣고는 — 나도사실은말라깽이지만 — 그저있을수없다. — 양돼지라 그래줄밖에. — 아니그래양돼지라니그런괘씸한소리를듣고내가손님이라면 — 아니내가여급이라면 — 당치않은 말 — 내가손님이라면그냥패주겠다. 그렇지만아내야양돼지소리한마디만은잘했다그러니까걷어채였지 — 아니 나는대체누구편이냐누구편을들고있는세음이냐. 그대그락대그락하는몸이은근히다쳤겠지 — 접시깨지듯했겠지. — 아프다. 아프다. 앞이다캄캄하여지기전에 사부로[33]가씨근씨근왔다. 남편되는이더러오란단다. 바로나요 — 마침잘되었습니다. 나쁜놈입니다. 고소하세요. 여급들과보이들과이다바[34]들의동정은실로나미코일신위에집중되어형세자못온건치않은것이었다.

경찰서숙직실 — 이상하다. — 우선경부보와 순사그리고오(吳)R카페뚱뚱주인 그리고과연양돼지와같은범인 (저건내라도양돼지라고자칫그러기쉬울걸.) 그리고난로앞에새파랗게질린채쪼그리고앉아있는새앙쥐만한아내 — 그는얼빠진사람모양으로이진기한 — 도저히있을법하지않은콤비네이션을몇번이고두루살펴보았다. 그는비칠비칠그양돼지앞으로가서그개기름흐르는얼굴을한참이나들여다보더니 떠억 "당신입디까." "당신입디까." 아마안면이무던히있나보다서로쳐다보며빙그레웃는속이 — 그러나아내야가만있자. — 제발울음을그쳐라어디이야기나좀해보자꾸나. 후한 — 숨을내쉬고났더니멈칫

33 일본어로 '동류 중의 셋째'를 의미한다.

34 일본어로 '조리사'를 말한다.

던취기가한꺼번에치밀어올라오면서그는금시로그자리에쓰러질것같았다. 와이샤쓰자락이바지밖으로꾀져나온이양돼지에게말을건넨다. "뵈옵기에퍽몸이약하신데요." "딴말씀." "딴말씀이라니." "딴말씀이지." "딴말씀이시라니." "허딴말씀이라니까." "허딴말씀이라니까라니." 그때참다못하여경부보가소리를실렀다. 그리고 그대가나미코의정당한남편인가. 이름은무엇인가직업은무엇인가하는질문에는질문마다 그저한없이공손히고개를숙여주었을뿐이었다. 고개만그렇게공연히숙였다치켰다할것이아니라그대는그래고소할터인가즉말하자면이사람을어떻게하였으면좋겠는가. 그렇습니다. (당신들눈에내가구더기만큼이나보이겠소? 이사람을어떻게하였으면좋을까는내가모르면경찰이알겠거니와 그래내가하라는대로하겠다는말이오?) 지금내가어떻게하였으면좋을까는누구에게물어보아야되나요. 거기섰는오(吳) 그리고내아내의주인 나를위하여가르쳐주소, 어떻게하였으면좋으리까눈물이어느사이에뺨을흐르고있었다. 술이점점더취하여들어온다. 그는이자리에서어떻다고차마입을벌릴정신도용기도없었다. 오(吳)와뚱뚱주인이그의어깨를건드리며위로한다. "다른사람이아니라우리A취인점전무야. 술취한개라니 그렇게만알게나그려. 자네도알다시피내일망년회에전무가없으면사장이없는것이상이야. 잘화해할수는없나." "화해라니누구를위해서." "친구를위하여." "친구라니." "그럼우리점을위해서." "자네가사장인가." 그때뚱뚱주인이 "그럼당신의아내를위하여." 백원씩두번얻어썼다. 남은것이백오십원 — 잘알아들었다. 나를위협하는모양이구나. "이건동화지만세상에는어쨌든이런일도있소. 즉백원이석달만에꼭오백원이되는이야긴데꼭되었어야할오백원이그게넉달이었기때문에감쪽같이한푼도없어져버린신기한이야기요. (오(吳)야내가좀치사스러우냐.) 자이런일도있는데 일개여급발길로차는것쯤이야팥고물이아니고무엇이겠소? (그러나오(吳)야일없다일없다.) 자나는가겠소왜들이렇게성가시게구느냐, 나는아무것에도참견하기싫다. 이술을곱게삭이고싶다. 나를보내주시오아내를데리고가겠소. 그러고는다마음대로하시오."

밤 — 홍수가고갈한최초의밤 — 신기하게도건조한밤이었다아내야너는이이상더야위어서는안된다절대로안된다명령해둔다. 그러나아내는참새모양으로깽깽신열까지내어가면서날이새도록앓았다. 그곁에서그는이것은너무나염치없이씨근씨근쓰러지자마자잠이들어버렸다. 안골던코까지골고 — 아 — 정말양돼지는누구냐 너무피곤하였던것이다. 그냥기가막혀버렸던것이다.

그동안 — 긴시간.

아내는아침에나갔다. 사부로가부르러왔기때문이다. 경찰서로간단다. 그도오란다. 모든것이귀찮았다. 다리저는아내를억지로내어보내놓고그는인간세상의하품을한번커다랗게하였다. 한없이게으른것이역시제일이구나. 첩첩이덧문을닫고앓는소리없는방안에서이번에는정말 — 제발될수있는대로아내는오래걸려서이따가저녁때나되거든돌아왔으면그러든지. — 경우에따라서는아내가아주가버리기를바라기조차하였다. 두다리를쭉뻗고깊이깊이잠이좀들어보고싶었다.

오후두시 — 십원지폐가두장이었다. 아내는그앞에서연해해죽거렸다. "누가주더냐." "당신친구오씨가줍디다." 오(吳)오(吳)역시오(吳)로구나(그게네백원꿀떡삼킨동화의주인공이다.) 그리운지난날의기억들변한다모든것이변한다. 아무리그가

이방덧문을첩첩닫고일년열두달을수염도안깎고누워있다하더라도세상은그잔인한'관계'를가지고담벼락을뚫고스며든다. 오래간만에잠다운잠을참한참늘어지게잤다. 머리가차츰차츰맑아들어온다. "오(吳)가주더라 그래뭐라고그러면서주더냐." "전무가술이깨서참잘못했다고사과하더라고." "너대체어디까지갔다왔느냐." "조바까지." "잘한다그래그걸넙죽받았느냐." "안받으려다가정잘못했다고그러더라니까." 그럼오(吳)의돈은아니다. 전무? 뚱뚱주인 둘다있을법한일이다. 아니, 십원씩추렴인가, 이런때에그의머리는맑은가. 그냥흐려서 아무것도생각할수없이되어버렸으면작히좋겠나. 망년회 오후. 고소. 위자료. 구더기. 구더기만도못한인간아내는. 아프다면서재재대인다. "공돈이생겼으니써버립시다. 오늘은안나갈테야(멍든데고약사바를생각은꿈에도하지않고) 내일낮에치마가한감저고리가한감(뭣이하나뭣이하나) (그래서십원은까불린다음) 나머지십원은당신구두한켤레맞춰주기로."마음대로하려무나. 나는졸립다. 졸려죽겠다. 코를풀어버리더라도내게의논마라. 지금쯤R회관삼층에얼마나장중한연회가열렸을것이며 양돼지전무는와이샤쓰를접어넣고얼마나점잖을것인가. 유치장에서연회로(공장에서가정으로)이십원짜리 — 이백여명 — 칠면조 — 햄 — 소시지 — 비계 — 양돼지 — 일년전이년전십년전 — 수염 — 냉회와같은것 — 남은것 — 뼈다귀 — 지저분한자국 — 과 무엇이남았느냐. — 닫은일년동안 — 산채썩어들어가는그앞에가로놓인아가리딱벌린일월이었다.

위로가될수있었나보다. 아내는혼곤히잠이들었다. 전등이딱들하다는듯이물끄러미내려다보고있다. 진종일을물한모금마시지않았다. 이십원때문에그들부부는먹어야산다는 철

칙을 — 그장중한법률을 완전히 거역할수있었다.

이것이지금이기괴망측한생리현상이즉배가고프다는상태렷다. 배가고프다. 한심한일이다. 부끄러운일이었다. 그러나 오(吳) 네생활에내생활을비교하여 아니 내생활에네생활을비교하여어떤것이진정우수한것이냐. 아니 어떤것이진정열등한것이냐. 외투를걸치고모자를얹고 — 그리고잊어버리지않고그이십원을주머니에넣고집 — 방을나섰다. 밤은안개로하여흐릿하다. 공기는제대로썩어들어가는지쉬적지근하여. 또 — 과연거미다. (환투) — 그는그의손가락을코밑에가져다가가만히맡아보았다. 거미내음새는 — 그러나이십원을요모조모주무르던그새금한지폐내음새가참그윽할뿐이었다. 요새금한내음새 — 요것때문에세상은가만있지못하고생사람을더러잡는다. — 더러가뭐냐. 얼마나많이축을내나. 가다듬을수없는어지러운심정이었다. 거미 — 그렇지. — 거미는나밖에없다. 보아라. 지금이거미의끈적끈적한촉수가어디로몰려가고있나 — 쪽 소름이끼치고식은땀이내솟기시작이다.

노한촉수 — 마유미 — 오(吳)의자신있는계집 — 끄나풀 — 허전한것 — 수단은없다. 손에쥐인이십원 — 마유미 — 십원은술먹고십원은팁으로주고그래서마유미가응하지않거든 예이 양돼지라고그래버리지. 그래도그만이라면이십원은그냥날아가 — 헛되다. — 그러나어떠냐공돈이아니냐. 전무는한번더아내를층계에서굴러떨어뜨려주려무나. 또이십원이다. 십원은술값십원은팁. 그래도마유미가응하지않거든양돼지라고그래주고 그래도그만이면이십원은그냥뜨는것이다부탁이다. 아내야 또한번전무귀에다대이고 양돼지 그래라. 걷어차거든두말말고층계에서내리굴러라.

봉별기(逢別記)[35]

1

스물세 살이오.— 삼월이오.— 각혈이다. 여섯 달 잘 기른 수염을 하루 면도칼로 다듬어 코밑에다만 나비만큼 남겨 가지고 약 한 제 지어 들고 B라는 신개지(新開地) 한적한 온천으로 갔다. 게서 나는 죽어도 좋았다.

그러나 이내 아직 길을 펴지 못한 청춘이 약탕관을 붙들고 늘어져서는 날 살리라고 보채는 것은 어찌하는 수가 없다. 여관 한등(寒燈) 아래 밤이면 나는 늘 억울해했다.

사흘을 못 참고 기어 나는 여관 주인 영감을 앞장세워 밤에 장고(長鼓) 소리 나는 집으로 찾아갔다. 게서 만난 것이 금홍(錦紅)이다.

"몇 살인구?"

체대(體大)가 비록 풋고추만 하나 깡그라진 계집이 제법

35 《여성(女性)》, 1936년 12월, 44~46쪽.

맛이 맵다. 열여섯 살? 많아야 열아홉 살이지 하고 있자니까,

"스물한 살이에요."

"그럼 내 나인 몇 살이나 돼 뵈지?"

"글세 마흔? 서른아홉?"

나는 그저 흥! 그래 버렸다. 그리고 팔짱을 떡 끼고 앉아서는 더욱더욱 점잖은 체했다. 그냥 그날은 무사히 헤어졌건만 — .

이튿날 화우(畵友) K 군이 왔다. 이 사람인즉 나와 농(弄)하는 친구다. 나는 어쨌는 수 없이 그 나비 같다면서 달고 다니던 코밑수염을 아주 밀어 버렸다. 그리고 날이 저물기가 급하게 또 금홍이를 만나러 갔다.

"어디서 뵌 어른 겉은데."

"엊저녁에 왔든 수염 난 양반, 내가 바루 아들이지. 목소리꺼지 닮었지?"

하고 익살을 부렸다. 주석(酒席)이 어느덧 파하고 마당에 내려서다가 K 군의 귀에 대고 나는 이렇게 속삭였다.

"어때? 괜찮지? 자네 한번 얼러 보게."

"관두게, 자네나 얼러 보게."

"어쨌든 여관으로 껄구 가서 짱껭뽕[36]을 해서 정허기루 허세나."

"거 좋지."

그랬는데 K 군은 측간에 가는 체하고 피해 버렸기 때문에 나는 부전승으로 금홍이를 이겼다. 그날 밤에 금홍이는 금홍이가 경산부(經産婦)라는 것을 감추지 않았다.

36 일본어로 '가위바위보'를 이른다.

"언제?"

"열여섯 살에 머리 얹어서 열일곱 살에 낳았지."

"아들?"

"딸."

"어딨나?"

"돌 만에 죽었어."

지어 가지고 온 약은 집어치우고 나는 전혀 금홍이를 사랑하는 데만 골몰했다. 못난 소린 듯하나 사랑의 힘으로 각혈이 다 멈췄으니까 —.

나는 금홍이에게 노름채[37]를 주지 않았다. 왜? 날마다 밤마다 금홍이가 내 방에 있거나 내가 금홍이 방에 있거나 했기 때문에 —.

그 대신 —.

우(禹)라는 불란서 유학생의 유야랑(遊冶郎)을 나는 금홍이에게 권하였다. 금홍이는 내 말대로 우 씨와 더불어 '독탕(獨湯)'에 들어갔다. 이 '독탕'이라는 것은 좀 음란한 설비였다. 나는 이 음란한 설비 문간에 나란히 벗어 놓은 우 씨와 금홍이 신발을 보고 언짢아하지 않았다.

나는 또 내 곁방에 와 묵고 있는 C라는 변호사에게도 금홍이를 권하였다. C는 내 열성에 감동되어 하는 수 없이 금홍이 방을 범했다.

그러나 사랑하는 금홍이는 늘 내 곁에 있었다. 그리고 우, C 등에게서 받은 십 원 지폐를 여러 장 꺼내 놓고 어리광 섞어 내게 자랑도 하는 것이었다.

37 함께 놀아 준 대가로 주는 돈. 화대(花代).

그러자 나는 백부님 소상 때문에 귀경하지 않으면 안 되었다. 복숭아꽃이 만발하고 정자 곁으로 석간수(石間水)가 졸졸 흐르는 좋은 터전을 한군데 찾아가서 우리는 석별의 하루를 즐겼다. 정거장에서 나는 금홍이에게 십 원 지폐 한 장을 쥐여 주었다. 금홍이는 이것으로 전당(典當) 잡힌 시계를 찾겠다고 그러면서 울었다.

2

금홍이가 내 아내가 되었으니까 우리 내외는 참 사랑했다. 서로 지나간 일은 묻지 않기로 하였다. 과거라야 내 과거가 무엇 있을 까닭이 없고 말하자면 내가 금홍이 과거를 묻지 않기로 한 약속이나 다름없다.

금홍이는 겨우 스물한 살인데 서른한 살 먹은 사람보다도 나았다. 서른한 살 먹은 사람보다도 나은 금홍이가 내 눈에는 열일곱 살 먹은 소녀로만 보이고 금홍이 눈에 마흔 살 먹은 사람으로 보인 나는 기실 스물세 살이요, 게다가 주책이 좀 없어서 똑 여남은 살 먹은 아이 같다. 우리 내외는 이렇게 세상에도 없이 현란하고 아기자기하였다.

부질없는 세월이 —.

일 년이 지나고 팔월, 여름으로는 늦고 가을로는 이른 그 북새통에 —.

금홍이에게는 예전 생활에 대한 향수가 왔다.

나는 밤이나 낮이나 누워 잠만 자니까 금홍이에게 대하여 심심하다. 그래서 금홍이는 밖에 나가 심심치 않은 사람들을 만나 심심치 않게 놀고 돌아오는 ―.

즉 금홍이의 협착한 생활이 금홍이의 향수를 향하여 발전하고 비약하기 시작하였다는 데 지나지 않는 이야기다.

그런데 이번에는 내게 자랑을 하지 않는다. 않을 뿐만 아니라 숨기는 것이다.

이것은 금홍이로서 금홍이답지 않은 일일 수밖에 없다. 숨길 것이 있나? 숨기지 않아도 좋지. 자랑을 해도 좋지.

나는 아무 말도 하지 않는다. 나는 금홍이 오락의 편의를 돕기 위하여 가끔 P 군 집에 가 잤다. P 군은 나를 불쌍하다고 그랬던가 싶은 기억이 지금 난다.

나는 또 이런 것을 생각하지 않았던 것도 아니다. 즉 남의 아내라는 것은 정조를 지켜야 하느니라고!

금홍이는 나를 내 나태한 생활에서 깨우치게 하기 위하여 일부러 간음하였다고 나는 호의로 해석하고 싶다. 그러나 세상에 흔히 있는 아내다운 예의를 지키는 체해 본 것은 금홍이로서 말하자면 천려(千慮)의 일실(一失)이 아닐 수 없다.

이런 실없은 정조를 간판 삼자니까 자연 나는 외출이 잦았고 금홍이 사업에 편의를 돕기 위하여 내 방까지도 개방하여 주었다. 그러는 중에도 세월은 흐르는 법이다.

하루 나는 제목 없이 금홍이에게 몹시 얻어맞았다. 나는 아파서 울고 나가서 사흘을 들어오지 못했다. 너무도 금홍이가 무서웠다.

나흘 만에 와 보니까 금홍이는 때 묻은 버선을 윗목에다 벗어 놓고 나가 버린 뒤였다.

이렇게도 못나게 홀아비가 된 내게 몇 사람의 친구가 금홍이에 관한 불미한 가십을 가지고 와서 나를 위로하는 것이었으나 종시 나는 그런 취미를 이해할 도리가 없었다.

버스를 타고 금홍이와 남자가 멀리 과천 관악산으로 가는 것을 보았다는데 정말 그렇다면 그 사람은 내가 쫓아가서 야단이나 칠까 봐 무서워서 그런 모양이니까 퍽 겁쟁이다.

3

인간이라는 것은 임시 거부하기로 한 내 생활이 기억력이라는 민첩한 작용을 하지 않았기 때문에 두 달 후에는 나는 금홍이라는 성명 석 자까지도 말쑥하게 잊어버리고 말았다. 그런 두절된 세월 가운데 하루 길일을 복(卜)하여 금홍이가 왕복 엽서처럼 돌아왔다. 나는 그만 깜짝 놀랐다.

금홍이의 모양은 뜻밖에도 초췌하여 보이는 것이 참 슬펐다. 나는 꾸짖지 않고 맥주와 붕어과자와 장국밥을 사 먹여 가면서 금홍이를 위로해 주었다. 그러나 금홍이는 좀처럼 화를 풀지 않고 울면서 나를 원망하는 것이었다. 할 수 없어서 나도 그만 울어 버렸다.

"그렇지만 너무 늦었다. 그만해두 두 달지간(之間)이나 되지 않니? 헤어지자, 응?"

"그럼 난 어떻게 되우. 응?"

"마땅헌 데 있거든 가거라, 응."

"당신두 그럼 장가가나? 응?"

헤어지는 한에도 위로해 보낼지어다. 나는 이런 양식(良識) 아래 금홍이와 이별했더니라. 갈 때 금홍이는 선물로 내게 베개를 주고 갔다.

그런데 이 베개 말이다.

이 베개는 2인용이다. 싫다 해도 자꾸 떠맡기고 간 이 베개를 나는 두 주일 동안 혼자 베어 보았다. 너무 길어서 안됐다. 안됐을 뿐 아니라 내 머리에서는 나지 않는 묘한 머릿기름 때 내음 때문에 안면(安眠)이 적이 방해된다.

나는 하루 금홍이에게 엽서를 띄웠다.

'중병에 걸려 누웠으니 얼른 오라.'라고.

금홍이는 와서 보니까 내가 참 딱했다. 이대로 두었다가는 역시 며칠이 못 가서 굶어 죽을 것같이만 보였던가 보다. 두 팔을 부르걷고 그날부터 나가서 벌어다가 나를 먹여 살린다는 것이다.

'오 — 케 —.'

인간 천국 — 그러나 날이 좀 추웠다. 그러나 나는 대단히 안일하였기 때문에 재채기도 하지 않았다.

이러기를 두 달? 아니 다섯 달이나 되나 보다. 금홍이는 홀연히 외출했다.

달포를 두고 금홍이의 '홈씩'[38]을 기대하다가 진력이 나서 나는 기명집물(器皿什物)을 두들겨 팔아 버리고 이십일 년 만에 '집'으로 돌아갔다.

와 보니 우리 집은 노쇠했다. 이어 불초 이상(李箱)은 이 노쇠한 가정을 아주 쑥밭을 만들어 버렸다. 그동안 이태가량 —.

어언간 나도 노쇠해 버렸다. 나는 스물일곱 살이나 먹어 버렸다.

38 homesick. 향수병을 가리킨다.

천하의 여성은 다소간 매춘부의 요소를 품었느니라고 나 혼자는 굳이 신념한다. 그 대신 내가 매춘부에게 은화를 지불하면서는 한 번도 그네들을 매춘부라고 생각한 일이 없다. 이것은 내 금홍이와의 생활에서 얻은 체험만으로는 성립되지 않는 이론같이 생각되나 기실 내 진담이다.

4

나는 몇 편의 소설과 몇 줄의 시를 써서 내 쇠망해 가는 심신 위에 치욕을 배가하였다. 이 이상 내가 이 땅에서의 생존을 계속하기가 자못 어려울 지경에까지 이르렀다. 나는 하여간 허울 좋게 말하자면 망명해야겠다.

어디로 갈까. 나는 만나는 사람마다 동경(東京)으로 가겠다고 호언했다. 그뿐 아니라 어느 친구에게는 전기 기술에 관한 전문 공부를 하러 간다는 둥, 학교 선생님을 만나서는 고급 단식인쇄술(單式印刷術)을 연구하겠다는 둥, 친한 친구에게는 난 5개 국어에 능통할 작정일세 어쩌구 심하면 법률을 배우겠다고까지 허담을 탕탕 하는 것이다. 웬만한 친구는 보통들 속나 보다. 그러나 이 헛 선전을 안 믿는 사람도 더러는 있다. 하여간 이것은 영영 빈털터리가 되어 버린 이상(李箱)의 마지막 공포(空砲)에 지나지 않는 것만은 사실이겠다.

어느 날 나는 이렇게 여전히 공포를 놓으면서 친구들과 술을 먹고 있자니까 내 어깨를 툭 치는 사람이 있다. '긴 상'이라는 이다.

"긴 상(이상(李箱)도 사실은 긴 상이다.) 참 오래간만이수. 건데 긴 상 꼭 긴 상 한 번 만나 뵙자는 사람이 하나 있는데 긴 상 어떻거시려우."

"거 누군구. 남자야? 여자야?"

"여자니까 일이 재미있지 않으냐 거런 말야."

"여자라?"

"긴 상 옛날 옥상.[39]"

금홍이가 서울에 나타났다는 이야기다. 나타났으면 나타났지 나를 왜 찾누?

나는 긴 상에게서 금홍이의 숙소를 알아 가지고 어쩔 것인가 망설였다. 숙소는 동생 일심(一心)의 집이다.

드디어 나는 만나 보기로 결심하고 그리고 일심이 집을 찾아가서

"언니가 왔다지?"

"어유 — 아제두, 돌아가신 줄 알았구려! 그래 자그만치 인제 온단 말슴유, 어서 드로수."

금홍이는 역시 초췌하다. 생활 전선에서의 피로의 빛이 그 얼굴에 여실하였다.

"네눔 하나 보구 져서 서울 왔지 내 서울 뭘 허려 왔다디?"

"그러게 또 난 이렇게 널 차저오지 않었니?"

"너 장가갔다드구나."

"얘 디끼 싫다. 그 육모초 겉은 소리."

"안 갔단 말이냐 그럼."

"그럼."

당장에 목침이 내 면상을 향하여 날아 들어왔다. 나는 예

39 일본어로 '상대방의 부인'을 가리킨다.

나 다름이 없이 못나게 웃어 주었다.

술상을 보았다. 나도 한잔 먹고 금홍이도 한잔 먹었다. 나는 영변가(寧邊歌)를 한 마디 하고 금홍이는 육자배기를 한 마디 했다.

밤은 이미 깊었고 우리 이야기는 이게 이 생(生)에서의 영이별(永離別)이라는 결론으로 밀려갔다. 금홍이는 은수저로 소반 전을 딱딱 치면서 내가 한 번도 들은 일이 없는 구슬픈 창가를 한다.

"속아도 꿈결 속여도 꿈결 굽이굽이 뜨내기 세상 그늘진 심정에 불 질러 버려라 운운(云云)."

실화(失花)[40]

1

사람이
비밀이 없다는 것은 재산 없는 것처럼 가난하고 허전한 일이다.

2

꿈 — 꿈이면 좋겠다. 그러나 나는 자는 것이 아니다. 누운 것도 아니다.

앉아서 나는 듣는다.(12월 23일)

"언더 더 워치 — 시계 아래서 말이에요, 파이브 타운스 — 다섯 개의 동리(洞里)라는 말이지요. 이 청년은 요 세상

40 《문장(文章)》, 1939년 3월, 53~66쪽.

에서 담배를 제일 좋아합니다. — 기다랗게 구부러진 파이프에다가 향기가 아주 높은 담배를 피워 빽— 빽— 연기를 풍기고 앉았는 것이 무엇보다도 낙이었답니다."[41]

(나야말로 동경 와서 쓸데없이 담배만 늘었지. 울화가 푹 — 치밀을 때 저 — 폐까지 쭉 — 연기나 들이켜지 않고 이 발광할 것 같은 심정을 억제할 도리가 없다.)

"연애를 했어요! 고상한 취미 — 우아한 성격 — 이런 것이 좋았다는 여자의 유서예요. — 죽기는 왜 죽어.— 선생님 — 저 같으면 죽지 않겠습니다. 죽도록 사랑할 수 있나요. — 있다지요. 그렇지만 저는 모르겠어요."

(나는 일찍이 어리석었더니라. 모르고 연(姸)이와 죽기를 약속했더니라. 죽도록 사랑했건만 면회가 끝난 뒤 대략 이십 분이나 삼십 분만 지나면 연이는 내가 '설마.' 하고만 여기던 S의 품 안에 있었다.)

"그렇지만 선생님 — 그 남자의 성격이 참 좋아요. 담배도 좋고 목소리도 좋고 — 이 소설을 읽으면 그 남자의 음성이 꼭 — 웅얼웅얼 들려오는 것 같아요. 이 남자가 같이 죽자면 그때 당해서는 또 모르겠지만 지금 생각 같아서는 저도 죽을 수 있을 것 같아요. 선생님 사람이 정말 죽을 수 있도록 사랑할 수 있나요? 있다면 저도 그런 연애 한번 해 보고 싶어요."

(그러나 철부지 C 양이여. 연이는 약속한 지 두 주일 되는 날 죽지 말고 우리 살자고 그럽디다. 속았다. 속기 시작한 것은 그때부터다. 나는 어리석게도 살 수 있을 것을 믿었지. 그뿐인가. 연이는 나를 사랑하

41 이 대목은 영국 작가 아널드 베넷(Arnold Benett, 1867~1931)이 쓴 장편 소설 『다섯 마을의 안나(Anna of The Five Towns)』(1902)의 한 부분을 설명한 것이다.

노라고까지.)

"공과(功課)는 여기까지밖에 안했어요 — 청년이 마지막에는 — 멀리 여행을 간다나 봐요. 모든 것을 잊어버리려고."

(여기는 동경이다. 나는 어쩔 작정으로 여기 왔나? 적빈(赤貧)이 여세(如洗) — 콕토[42]가 그랬느니라. — 재주 없는 예술가야 부질없이 네 빈곤을 내세우지 말라고. 아 — 내게 빈곤을 팔아먹는 재주 외에 무슨 기능이 남아 있누. 여기는 간다 구(神田區) 진보초(神保町), 내가 어려서 제전(帝展)[43] 이과(二科)[44]에 하가키[45] 주문하던 바로 게가 예다. 나는 여기서 지금 앓는다.)

"선생님! 이 여자를 좋아하십니까 — 좋아하시지요. — 좋아요. — 아름다운 죽음이라고 생각해요. — 그렇게까지 사랑을 받은 — 남자는 행복하지요. — 네 — 선생님 — 선생님 선생님."

(선생님 이상(李箱) 턱에 입언저리에 아 — 수염 숱하게도 났다. 좋게도 자랐다.)

"선생님 — 뭘 — 그렇게 생각하십니까. — 네. — 담배가 다 탔는데 — 아이 — 파이프에 불이 붙으면 어떻게 합니까. — 눈을 좀 — 뜨세요. 이야기는 끝났습니다. 네 — 무슨 생각 그렇게 하셨나요."

42 장 콕토(Jean Cocteau, 1889~1963): 프랑스의 시인, 소설가.

43 일본에서 매년 개최되던 제국미술전람회(帝國美術展覽會)의 약칭.

44 일본에서 전통적인 서양화의 화풍을 중심으로 하는 제국미전의 경향을 1과(一科)라 하는 데 반해 2과(二科)는 비교적 자유롭고 진취적인 경향의 화풍을 가리키는 말이다. 제국미전이 1과 중심으로 운영되는 관전(官展)인 반면 2과 미전은 제국미전과 쌍벽을 이루는 2과 중심의 민전(民展)이다.

45 일본어로 '엽서(葉書)'다.

(아 — 참 고운 목소리도 다 있지. 십 리나 먼 — 밖에서 들려오는 — 값비싼 시계 소리처럼 부드럽고 정확하게 윤택이 있고 — 피아니시모 — 꿈인가. 한 시간 동안이나 나는 스토리보다는 목소리를 들었다. 한 시간 — 한 시간같이 길었지만 십 분 — 나는 졸았나? 아니 나는 스토리를 다 외운다. 나는 자지 않았다. 그 흐르는 듯한 연연한 목소리가 내 감관(感官)을 얼싸안고 목소리가 잤다.)

꿈 — 꿈이면 좋겠다. 그러나 나는 잔 것도 아니요 또 누웠던 것도 아니다.

3

파이프에 불이 붙으면?

끄면 그만이지. 그러나 S는 껄껄 — 아니 빙그레 웃으면서 나를 타이른다.

"상(箱)! 연이와 헤어지게. 헤어지는 게 좋을 것 같으니. 상이 연이와 부부? 그것이 내 눈에는 똑 부러 그러는 것 같아서 못 보겠네."

"거 어째서 그렇다는 건가."

이 S는, 아니 연이는 일찍이 S의 것이었다. 오늘 나는 S와 더불어 담배를 피우면서 마주 앉아 담소할 수 있다. 그러면 S와 나 두 사람은 친우였던가.

"상(箱)! 자네 「EPIGRAM」이라는 글을 내 읽었지. 한 번—허허 — 한 번. 상! 상의 서푼짜리 우월감이 내게는 우숴 죽겠다는 걸세. 한 번? 한 번 — 허허 — 한 번."

"그러면(나는 실신할 만치 놀란다.) 한 번 이상(以上) — 몇 번. S! 몇 번인가.”

“그저 한 번 이상이라고만 알아 두게나그려.”

꿈 — 꿈이면 좋겠다. 그러나 10월 23일부터 10월 24일까지 나는 자지 않았다. 꿈은 없다.

(천사는 — 어디를 가도 천사는 없다. 천사들은 다 결혼해 버렸기 때문이다.)

23일 밤 10시부터 나는 가지가지 재주를 다 피워 가면서 연이를 고문했다.

24일 동이 훤 — 하게 터 올 때쯤에야 연이는 겨우 입을 열었다. 아! 장구한 시간!

“첫 번 — 말해라.”

“인천 어느 여관.”

“그건 안다. 둘째 번 — 말해라.”

“…….”

“말해라.”

“N빌딩 S의 사무실.”

“셋째 번 — 말해라.”

“…….”

“말해라.”

“동소문 밖 음벽정(飮碧亭).”

“넷째 번 — 말해라.”

“…….”

“말해라.”

“…….”

“말해라.”

머리맡 책상 서랍 속에는 서슬이 퍼런 내 면도칼이 있다.

경동맥을 따면 — 요물은 선혈이 댓줄기 뻗치듯 하면서 급사하리라. 그러나?

나는 일찌감치 면도를 하고 손톱을 깎고 옷을 갈아입고 그러고 예넌 10월 24일경에는 사체가 며칠 만이면 썩기 시작하는지 곰곰 생각하면서 모자를 쓰고 인사하듯 다시 벗어 들고 그리고 방 — 연이와 반년 침식을 같이하던 냄새나는 방을 휘 — 둘러 살피자니까 하나 사다 놓네 놓네 하고 기어이 뜻을 이루지 못한 금붕어도 — 이 방에는 가을이 이렇게 짙었건만 국화 한 송이 장식이었다.

4

그러나 C 양의 방에는 지금 — 고향에서는 스케이트를 지친다는데 — 국화 두 송이가 참 싱싱하다.

이 방에는 C 군과 C 양이 산다. 나는 C 양더러 '부인'이라고 그랬더니 C 양은 성을 냈다. 그러나 C 군에게 물어보면 C 양은 '아내'란다. 나는 이 두 사람 중의 누구라고 정하지 않고 내 동경 생활이 하도 적막해서 지금 이 방에 놀러 왔다.

언더 더 워치 — 시계 아래서의 렉처는 끝났는데 C 군은 조선 곰방대를 피우고 나는 눈을 뜨지 않는다. C 양의 목소리는 꿈같다. 인토네이션이 없다. 흐르는 것같이 끊임없으면서 아주 조용하다.

나는 그만 가야겠다.

"선생님(이것은 실로 이상 옹을 지적하는 참담한 인칭대명사다.) 왜 그러세요 — 이 방이 기분이 나쁘세요?(기분? 기분이라는 말은 필시 조선말은 아니리라.) 더 놀다 가세요 — 아직 주무실 시간도 멀었는데 가서 뭐하세요? 네? 얘기나 하세요."

나는 잠시 그 계간유수(溪間流水) 같은 목소리의 주인 C 양의 얼굴을 들여다본다. C 군이 범과 같이 건강하니까 C 양은 혈색이 없이 입술조차 파르스레하다. 이 오사게[46]라는 머리를 한 소녀는 내일 학교에 간다. 가서 언너 너 워치의 계속을 배운다.

사람이—

비밀이 없다는 것은 재산 없는 것처럼 가난하고 허전한 일이다.

강사는 C 양의 입술이 C 양이 좀 횟배를 앓는다는 이유 외에 또 무슨 이유로 저렇게 파르스레한가를 아마 모르리라.

강사는 맹랑한 질문 때문에 잠깐 얼굴을 붉혔다가 다시 제 지위가 현격히 높은 것을 느끼고 그리고 외쳤다.

"쪼꾸만 것들이 무얼 안다고?"

그러나 연이는 히힝 하고 코웃음을 쳤다. 모르기는 왜 몰라 — 연이는 지금 방년 이십, 열여섯 살 때 즉 연이가 여고 때 수신과 체조를 배우는 여가에 간단한 속옷을 찢었다. 그러고 나서 수신과 체조는 여가에 가끔 하였다.

여섯 — 일곱 — 여덟 — 아홉 — 열

다섯 해 — 개꼬리도 삼 년만 묻어 두면 황모(黃毛)가 된다든가 안 된다든가 원 — .

수신 시간에는 학감(學監) 선생님, 할팽(割烹) 시간[47]에는

46 일본어로 '둘로 갈라서 땋아 늘어뜨린 머리'를 가리킨다.

47 '요리 시간'을 뜻한다.

올드미스 선생님, 국문 시간에는 곰보딱지 선생님 — .

"선생님 선생님 — 이 귀염성스럽게 생긴 연이가 엊저녁에 무엇을 했는지 알아내면 용하지."

흑판 위에는 '요조숙녀'라는 액(額)의 흑색이 임리(淋漓)하다.

"선생님, 선생님 — 제 입술이 왜 요렇게 파르스레한지 알아맞히신다면 참 용하지."

연이는 음벽정에 가던 날도 R 영문과에 재학 중이다. 전날 밤에는 나와 만나서 사랑과 장래를 맹세하고 그 이튿날 낮에는 기싱[48]과 호손[49]을 배우고 밤에는 S와 같이 음벽정에 가서 옷을 벗었고 그 이튿날은 월요일이기 때문에 나와 같이 같은 동소문 밖으로 놀러 가서 베제(baiser, 입맞춤)했다. S도 K 교수도 나도 연이가 엊저녁에 무엇을 했는지 모른다. S도 K 교수도 나도 바보요, 연이만이 홀로 눈 가리고 야웅 하는 데 희대의 천재다.

연이는 N빌딩에서 나오기 전에 WC라는 데를 잠깐 들르지 않으면 안 되었다. 나오면 남대문통 십오 간 대로(大路) GO STOP의 인파.

"여보시오 여보시오, 이 연이가 조 이층 바른편에서부터 둘째 S 씨의 사무실 안에서 지금 무엇을 하고 나왔는지 알아맞히면 용하지."

그때에도 연이의 살결에서는 능금과 같은 신선한 생광이 나는 법이다. 그러나 불쌍한 이상 선생님에게는 이 복잡한 교

48 조지 기싱(George Gissing, 1857~1903): 영국의 소설가.

49 너새니얼 호손(Nathaniel Hawthorne, 1804~1864): 미국의 소설가.

통을 향하여 빈정거릴 아무런 비밀의 재료도 없으니 내가 재산 없는 것보다도 더 가난하고 싱겁다.

"C 양! 내일도 학교에 가셔야 할 테니까 일찍 주무셔야지요."

나는 부득부득 가야겠다고 우긴다. C 양은 그럼 이 꽃 한 송이 가져다가 방에다 꽂아 놓으란다.

"선생님 방은 아주 살풍경이라지요?"

내 방에는 화병도 없다. 그러나 나는 두 송이 가운데 흰 것을 달래서 왼편 깃에다가 꽂았다. 꽂고 나는 밖으로 나왔다.

5

국화 한 송이도 없는 방 안을 휘 — 한 번 둘러보았다. 잘 — 하면 나는 이 추악한 방을 다시 보지 않아도 좋을 수도 있을까 싶었기 때문에 내 눈에는 눈물도 고일 수밖에.

나는 썼다 벗은 모자를 다시 쓰고 나니까 그만하면 내 연이에게 대한 인사도 별로 유루(遺漏) 없이 다 된 것 같았다.

연이는 내 뒤를 서너 발자국 따라왔던가 싶다. 그러나 나는 예년 10월 24일경에는 사체가 며칠 만이면 상하기 시작하는지 그것이 더 급했다.

"상! 어디 가세요?"

나는 얼떨결에 되는 대로,

"동경."

물론 이것은 허담이다. 그러나 연이는 나를 만류하지 않는다. 나는 밖으로 나갔다.

나왔으니, 자 — 어디로 어떻게 가서 무엇을 해야 되누.

해가 서산에 지기 전에 나는 이삼일 내로는 반드시 썩기 시작해야 할 한 개 '사체'가 되어야만 하겠는데, 도리는?

도리는 막연하다. 나는 십 년 긴 — 세월을 두고 세수할 때마다 자살을 생각하여 왔다. 그러나 나는 결심하는 방법도 결행하는 방법도 아무것도 모르는 채다.

나는 온갖 유행 약을 암송하여 보았다.

그러고 나서는 인도교, 변전소, 화신상회(和信商會) 옥상, 경원선 이런 것들도 생각해 보았다.

나는 그렇다고 — 정말 이 온갖 명사의 나열은 가소롭다.— 아직 웃을 수는 없다.

웃을 수는 없다. 해가 저물었다. 급하다. 나는 어딘지도 모를 교외에 있다. 나는 어쨌든 시내로 들어가야만 할 것 같았다. 시내 — 사람들은 여전히 그 알아볼 수 없는 낯짝들을 쳐들고 와글와글 야단이다. 가등(街燈)이 안개 속에서 축축해한다. 영경(英京) 윤돈(倫敦)[50]이 이렇다지?

6

NAUKA사[51]가 있는 진보초 스즈란도〔鈴蘭洞〕[52]에는 고

50 영국의 수도 런던. '윤돈(倫敦)'은 '런던'을 가리킨다.

51 일본 도쿄 간다(神田) 진보초(神保町)에 있던 러시아 전문 서점 ナウカ를 말함. 현재 Nauka는 간다 진보초 1-34에 있다.

52 진보초 스즈란토리(鈴蘭通り) 일대. 현재는 진보초 11번지와 13번지 사이로 통하는 길을 스즈란토리라고 칭하고 있다.

본(古本) 야시(夜市)가 선다. 섣달 대목 — 이 스즈란도도 곱게 장식되었다. 이슬비에 젖은 아스팔트를 이리 디디고 저리 디디고 저녁 안 먹은 내 발길은 자못 창랑(蹌踉)하였다. 그러나 나는 최후의 이십 전을 던져 타임스판 상용 영어 4천 자라는 서적을 샀다. 4천 자?

4천 자면 많은 수효다. 이 해양만 한 외국어를 겨드랑이에 낀 나는 섣불리 배고파할 수도 없다. 아 — 나는 배부르다.

진따[53] — (옛날 활동사진 상설관에서 사용하던 취주 악대) 진동야[54]의 진따가 슬프다.

진따는 전원 네 사람으로 조직되었다. 대목의 한몫을 보려는 소백화점의 번영을 위하여 이 네 사람은 클라리넷과 코넷과 북과 소고(小鼓)를 가지고 선조 유신(維新) 당초에 부르던 유행가를 연주한다. 그것은 슬프다 못해 기가 막히는 가각 풍경(街角風景)이다. 왜? 이 네 사람은 네 사람이 다 묘령의 여성들이더니라. 그들은 똑같이 진홍색 군복과 군모와 '꼭구마'를 장식하였더니라.

아스팔트는 젖었다. 스즈란도 좌우에 매달린 그 은방울꽃〔鈴蘭〕 모양 가등(街燈)도 젖었다. 클라리넷 소리도 — 눈물에 — 젖었다.

그리고 내 머리에는 안개가 자옥 — 이 끼었다.

영경 윤돈이 이렇다지?

53 일본어 ジンタ. '쿵작쿵작' 하는 소리에서 따온 말. 상업 선전을 위해 통속적인 음악을 연주하는 소인원의 취주 악단.

54 일본어 チンドン屋. 19세기 후반 이후 일본에 등장한 상업 선전 가무단의 일종. 3~5인이 하나의 그룹을 이루어 상점을 광고하거나 상품을 알리기 위해 거리에서 화려한 옷으로 치장하고 음악을 연주한다.

"이상!은 무슨 생각을 그렇게 하십니까?"

남자의 목소리가 내 어깨를 쳤다. 법정대학(法政大學) Y군, 인생보다는 연극이 더 재미있다는 이다. 왜? 인생은 귀찮고 연극은 실없으니까.

"집에 갔더니 안 계시길래!"

"죄송합니다."

"엠프레스에 가십시다."

"좋—지요."

「어드벤처 인 맨해튼(ADVENTURE IN MANHATTAN)」[55]에서 진 아서가 커피 한 잔 맛있게 먹더라. 크림을 타 먹으면 소설가 구보 씨[56]가 그랬다, — 쥐 오줌 내가 난다고. 그러나 나는 조엘 매크리어만큼은 맛있게 먹을 수 있었으니—.

모차르트의 41번은 '목성(木星)'[57]이다. 나는 몰래 모차르트의 환술을 투시하려고 애를 쓰지만 공복으로 하여 적이 어지럽다.

"신주쿠(新宿) 가십시다."

"신주쿠라?"

"노바(NOVA)에 가십시다."

"가십시다, 가십시다."

55 미국의 흑백 영화. 1936년 에드워드 루드위그(Edward Ludwig) 감독 작품이다. 남아프리카 태생의 작가 메이 에징턴(May Edginton)의 소설 『Purple and Fine Linen』을 각색한 것으로, 진 아서(Jean Arthur), 조엘 매크리어(Joel McCrea) 등이 출연했다. 일본에서는 1936년 11월 10일 「マンハッタン夜話」라는 제목으로 개봉되었다.(『20세기 아메리카 영화 사전』(2002), 710쪽.)

56 소설가 박태원.

57 모차르트의 「교향곡 41번 C장조 작품 551번」을 말한다. 이 작품은 힘차면서도 장대하며, '주피터(Jupiter, 목성)'라는 별칭으로도 불린다.

마담은 루바슈카. 노바는 에스페란토. 헌팅을 얹은 놈의 심장을 아까부터 벌레가 연해 파먹어 들어간다. 그러면 시인 지용(芝溶)[58]이여! 이상은 물론 자작의 아들도 아무것도 아니겠습니다그려!

12월의 맥주는 선뜩선뜩하다. 밤이나 낮이나 감방은 어둡다는 이것은 고리키의 「나드네」[59] 구슬픈 노래, 이 노래를 나는 모른다.

7

밤이나 낮이나 그의 마음은 한없이 어두우리라. 그러나 유정(兪政)[60]아! 너무 슬퍼 마라. 너에게는 따로 할 일이 있느니라.

이런 지비(紙碑)가 붙어 있는 책상 앞이 유정에게 있어서는 생사의 기로다. 이 칼날같이 선 한 지점에 그는 앉지도 서지도 못하면서 오직 내가 오기를 기다렸다고 울고 있다.

"각혈이 여전하십니까?"

"네— 그저 그날이 그날 같습니다."

58 시인 정지용. 구인회의 동인으로 이상과 함께 활동했다.

59 「나드네(На дне, 밑바닥에서)」. 막심 고리키의 대표적인 희곡 작품. 1902년 모스크바 예술 극장에서 처음 공연된 후 사회주의 리얼리즘 경향을 보여 주는 연극으로 소개된 이 작품은 「The Lower Depths(하층민 또는 밑바닥)」라는 제목으로 서방 세계에도 널리 알려졌으며, 일본 식민지 시대 1934년 국내에서도 '밤 주막'이라는 제목으로 무대에 올려진 적이 있다.

60 소설가 김유정(金裕貞)을 말한다. 이상과 함께 구인회의 일원으로 활동했다. 1937년 이상이 세상을 뜨기 직전에 사망했다.

"치질이 여전하십니까?"

"네— 그저 그날이 그날 같습니다."

안개 속을 헤매던 내가 불현듯이 나를 위하여는 마코— 두 갑, 그를 위하여는 배 십 전어치를, 사 가지고 여기 유정을 찾은 것이다. 그러나 그의 유령 같은 풍모를 도회(韜晦)하기 위하여 장식된 무성한 화병에서까지 석탄산 냄새가 나는 것을 지각하였을 때는 나는 내가 무엇하러 여기 왔나를 추억해 볼 기력조차도 없어진 뒤였다.

"신념을 빼앗긴 것은 건강이 없어진 것처럼 죽음의 꼬임을 받기 마치 쉬운 경우더군요."

"이상 형! 형은 오늘에야 그것을 빼앗기셨습니까! 인제 — 겨우 — 오늘이야 — 겨우 — 인제."

유정! 유정만 싫다지 않으면 나는 오늘 밤으로 치러 버리고 말 작정이었다. 한 개 요물에게 부상해서 죽는 것이 아니라 이십칠 세를 일기로 하는 불우의 천재가 되기 위하여 죽는 것이다.

유정과 이상 — 이 신성불가침의 찬란한 정사(情死) — 이 너무나 엄청난 거짓을 어떻게 다 주체를 할 작정인지.

"그렇지만 나는 임종할 때 유언까지도 거짓말을 해 줄 결심입니다."

"이것 좀 보십시오."

하고 풀어 헤치는 유정의 젖가슴은 초롱(草籠)보다도 앙상하다. 그 앙상한 가슴이 부풀었다 구겼다 하면서 단말마의 호흡이 서글프다.

"명일의 희망이 이글이글 끓습니다."

유정은 운다. 울 수 있는 외의 그는 온갖 표정을 다 망각하여 버렸기 때문이다.

"유 형! 저는 내일 아침 차로 동경 가겠습니다."

"……."

"또 뵈옵기 어려울걸요."

"……."

그를 찾은 것을 몇 번이고 후회하면서 나는 유정을 하직하였다. 거리는 늦었다. 방에서는 연이가 나 대신 내 밥상을 지키고 앉아서 아직도 수없이 지니고 있는 비밀을 만지작만지작하고 있었다. 내 손은 연이의 뺨을 때리지 않고 내일 아침을 위하여 짐을 꾸렸다.

"연이! 연이는 야웅의 천재요. 나는 오늘 불우의 천재라는 것이 되려다가 그나마도 못 되고 도로 돌아왔소. 이렇게 이렇게! 응?"

8

나는 버티다 못해 조그만 종잇조각에다 이렇게 적어 그놈에게 주었다.

"자네도 야웅의 천재인가? 암만해도 천재인가 싶으이. 나는 졌네. 이렇게 내가 먼저 지껄였다는 것부터가 패배를 의미하지."

일고 휘장[61]이다. HANDSOME BOY — 해협 오전 2시

61 '일고'의 학생임을 알리는 표식. '일고'는 도쿄 제국 대학의 예과에 해당하는 '제일(第一) 고등학교'를 말한다.

의 망토를 두르고 내 곁에 가 버티고 앉아서 동(動)치 않기를 한 시간 (이상(以上)?)

나는 그동안 풍선처럼 잠자코 있었다. 온갖 재주를 다 피워서 이 미목수려한 천재로 하여금 먼저 입을 열도록 갈팡질팡했건만 급기야 나는 졌다. 지고 말았다.

"당신의 텁석부리는 말(馬)을 연상시키는구려. 그러면 말아! 다락 같은 말아! 귀하는 점잖기도 하다마는 또 귀하는 왜 그리 슬퍼 보이오? 네?"(이놈은 무례한 놈이다.)

"슬퍼? 응 — 슬플 수밖에 — 20세기를 생활하는데 19세기의 도덕성밖에는 없으니 나는 영원한 절름발이로다. 슬퍼야지 — 만일 슬프지 않다면 — 나는 억지로라도 슬퍼해야지.— 슬픈 포즈라도 해 보여야지.— 왜 안 죽느냐고? 헤헹! 내게는 남에게 자살을 권유하는 버릇밖에 없다. 나는 안 죽지. 이따가 죽을 것만 같이 그렇게 중속(衆俗)을 속여 주기만 하는 거야. 아 — 그러나 인제는 다 틀렸다. 봐라. 내 팔. 피골이 상접. 아야 아야. 웃어야 할 터인데 근육이 없다. 울려야 할 근육이 없다. 나는 형해(形骸)다. 나 — 라는 정체는 누가 잉크 짓는 약으로 지워 버렸다. 나는 오직 내 — 흔적일 따름이다."

노바의 웨이트리스 나미코는 아부라에[62]라는 재주를 가진 노라의 따님 코론타이의 누이동생이시다. 미술가 나미코 씨와 극작가 Y 군은 4차원 세계의 테마를 불란서 말로 회화한다.

불란서 말의 리듬은 C 양의 언더 더 워치 강의처럼 애매하다. 나는 하도 답답해서 그만 울어 버리기로 했다. 눈물이

62 일본어 油繪, 서양화 또는 유화(油畵)를 말한다.

좔좔 쏟아진다. 나미코가 나를 달랜다.

"너는 뭐냐? 나미코? 너는 엊저녁에 어떤 마치아이[63]에서 방석을 베고 15분 동안 — 아니 아니 어떤 빌딩에서 아까 너는 걸상에 포개 앉았었느냐. 말해라. — 헤헤 — 음벽정(飮碧亭)? N빌딩 바른편에서부터 둘째 S의 사무실? (아 — 이 주책없는 이상아, 동경에는 그런 것은 없습네.) 계집의 얼굴이란 다마네기다. 암만 벗겨 보려무나. 마지막에 아주 없어질지언정 정체는 안 내놓느니."

신주쿠의 오전 1시 — 나는 연애보다도 우선 담배를 피우고 싶었다.

9

12월 23일 아침 나는 진보초 누옥(陋屋) 속에서 공복으로 하여 발열하였다. 발열로 하여 기침하면서 두 벌 편지는 받았다.

"저를 진정으로 사랑하시거든 오늘로라도 돌아와 주십시오. 밤에도 자지 않고 저는 형을 기다리고 있습니다. 유정."

"이 편지 받는 대로 곧 돌아오세요. 서울에서는 따뜻한 방과 당신의 사랑하는 연이가 기다리고 있습니다. 연 서(書)."

이날 저녁에 부질없는 향수를 꾸짖는 것처럼 C 양은 나에게 백국(白菊) 한 송이를 주었느니라. 그러나 오전 1시 신주

63 일본어 待ち合い. 서로 약속하고 기다리는 곳.

쿠 역 폼에서 비칠거리는 이상의 옷깃에 백국은 간데없다. 어느 장화가 짓밟았을까. 그러나 — 검정 외투에 조화를 단, 댄서 — 한 사람. 나는 이국종(異國種) 강아지올시다. 그러면 당신께서는 또 무슨 방석과 걸상의 비밀을 그 농화장(濃化粧) 그늘에 지니고 계시나이까?

사람이 — 비밀 하나도 없다는 것이 참 재산 없는 것보다도 더 가난하외다그려! 나를 좀 보시지요?

김유정(金裕貞)[64]

암만해도 성을 안 낼 뿐만 아니라 누구를 대할 때든지 늘 좋은 낯으로 해야 쓰느니 하는 타입의 우수한 견본이 김기림(金起林)이라.

좋은 낯을 하기는 해도 적(敵)이 비례(非禮)를 했다거나 끔찍이 못난 소리를 했다거나 하면 잠자코 속으로만 꿀꺽 업신여기고 그만두는, 그러기 때문에 근시 안경을 쓴 위험인물이 박태원(朴泰遠)이다.

업신여겨야 할 경우에 "이놈! 네까진 놈이 뭘 아느냐."라든가 성을 내면 "여! 어디 뎀벼 봐라."쯤 할 줄 아는, 하되, 그저 그럴 줄 알다 뿐이지 그만큼 해 두고 주저앉는 파(派)에, 고만 이유로 코밑에 수염을 저축한 정지용(鄭芝溶)이 있다.

모자를 홱 벗어 던지고 두루마기도 마고자도 민첩하게 턱 벗어 던지고 두 팔 훌떡 부르걷고 주먹으로는 적의 볼 마구[65]

64 《청색지(靑色紙)》, 1939년 5월, 89~94쪽.

65 볼 마구리. '볼'은 '얼굴', '뺨'이며, '마구리'는 '길쭉한 토막, 상자 따위의 양쪽

를, 발길로는 적의 사타구니를 격파하고도 오히려 행유여력(行有餘力)에 엉덩방아를 찧고야 그치는 희유(稀有)의 투사가 있으니 김유정(金裕貞)이다.

누구든지 속지 마라. 이 시인 가운데 쌍벽과 소설가 중 쌍벽은 약속하고 분만된 듯이 교만하다. 이들이 무슨 경우에 어떤 얼굴을 했든 기실은 그 교만에서 산출된 표정의 데포르마시옹 외의 아무것도 아니니까 참 위험하기 짝이 없는 분들이라는 것이다.

이분들을 설복할 아무런 학설도 이 천하에는 없다. 이렇게들 또 고집이 세다.

나는 자고로 이렇게 교만하고 고집 센 예술가를 좋아한다. 큰 예술가는 그저 누구보다도 교만해야 한다는 일이 내 지론이다.

다행히 이 네 분은 서로들 친하다. 서로 친한 이분들과 친한 나 불초 이상(李箱)이 보니까 위와 같은 성격의 순차적 차이가 있는 것은 재미있다. 이것은 혹 불행히 나 혼자의 재미에 그칠지 우려스럽지만 그래도 좀 재미있어야 되겠다.

작품 이외의 이분들의 일을 적확히 묘파해서 써내 비교교우학(比較交友學)을 결정적으로 여실히 하겠다는 비장한 복안이거늘, 소설을 쓸 작정이다. 네 분을 각각 주인으로 하는 네 편의 소설이다.

그런데 족보에 없는 비평가 김문집(金文輯) 선생이 내 소

머리의 면' 또는 '길쭉한 물건의 양 끝에 대는 것'을 말한다. '베개'의 양쪽 끄트머리 면을 '베개 마구리'라고 한다.

설에 59점이라는 좀 참담한 채점을 해 놓으셨다. 59점이면 낙제다. 한 끗만 더 했다면 — 그러니까 서울말로 '낙제 첫찌'다. 나는 참 참담했습니다. 다시는 소설을 안 쓸 작정입니다. — 는 즉 거짓말이고, 이 경우에 내 어쭙잖은 글이 네 분의 심사를 건드린다거나 읽는 이들의 조소를 산다거나 하지나 않을까 생각을 하니 아닌 게 아니라 등어리가 꽤 서늘하다.

그렇거든 59점짜리가 그럼 그렇지 하고 그저 눌러 덮어 주어야겠고 뜻밖에 제법 되었거든 네 분이 선봉을 서서 김문집 선생께 좀 잘 좀 말해 주셔서 부디 급제 좀 시켜 주시기 바랍니다.

김유정 편

이 유정은 겨울이면 모자를 쓰지 않는다. 그러면 탈모인가? 그의 그 더벅머리 위에는 참 우글쭈글한 벙거지가 얹혀 있는 것이다. 나는 걸핏하면,

"김 형! 그 김 형이 쓰신 모자는 모자가 아닙니다."

"김 형! (이 김 형이라는 호칭인즉슨 이상을 가리키는 말이다.) 거 어떡허시는 말씀입니까."

"거 벙거지, 벙거지지요."

"벙거지! 벙거지! 옳습니다."

태원도 회남(懷南)[66]도 유정의 모자 자격을 인정하지 않

66. 안회남(1910~?): 1930년대의 소설가. 김유정과 휘문고보 동급생. 소설 「불」, 「탁류를 헤치고」, 「겸허」 등이 있으며, 해방 직후 월북하였다.

는다. 벙거지라고밖에!

엔간해서 술이 잘 안 취하는데 취하기만 하면 딴사람이 되고 만다. 그것은 무엇을 보고 아느냐 하면—.

보통으로 주먹을 쥐고 쓱 둘째 손가락만 쪽 펴면 사람 가리키는 신호가 되는데 이래 가지고는 그 벙거지 차양 밑을 우벼 파면서 나사못 박는 흉내를 내는 것이다. 하릴없이 젖먹이 곤지곤지 형용에 틀림없다.

창문사(彰文社)에서 내가 집무랍시고 하는 중에 떠억 나를 찾아온다. 와서는 내 집무 책상 앞에 마주 앉는다. 앉아서는 바윗덩어리처럼 말이 없다. 난들 또 무슨 그리 신통한 이야기가 있으리요. 그저 서로 병병히 앉았는 동안에 나는 나대로 교정 등속 일을 한다. 가지가지 부호를 써서 내가 교정을 보고 있노라면 그는 불쑥,

"김 형! 거 지금 그 표는 어떡허라는 표구요."

이런다. 그럼 나는 기가 막혀서,

"이거요, 글자가 곤두섰으니 바루 놓으란 표지요."

하고 나서는 또 그만이다. 이렇게 평소의 유정은 뚱보다. 이런 양반이 그 곤지곤지만 시작되면 통성[67] 다시 해야 한다.

그날 나도 초저녁에 술을 좀 먹고 곤해서 한참 자는데 별안간 대문을 뚜드리는 소리가 요란하다. 1시나 가까웠는

67 '통성명(通姓名)'의 준말. 서로 성명을 통함. 첫 대면의 인사를 교환함. 여기서 '通姓 다시 해야 한다.'라는 말은 누군지 다시 인사를 하고 안면을 터야 할 정도로 엉뚱하게 변한다는 것을 뜻한다.

데 — 하고 눈을 비비며 나가 보니까 유정이가 B 군과 S 군과 작반(作伴)해 와서 이 야단이 아닌가. 유정은 연해 성(盛)히 곤지곤지 중이다. 나는 일견에 '익키! 이건 곤지곤지구나.' 하고 내심 벌써 각오한 바가 있자니까 나가잔다.

"김 형! 이 유정이가 오늘 술, 좀, 먹었습니다. 김 형! 우리 또 한잔허십시다."

"아따 그러십시다그려."

이래서 나도 내 벙거지를 쓰고 나섰다.

나는 단박에 취해 버려서 역시 그 비장의 가요를 기탄없이 내뽑은가 싶다. 이렇게 밤이 늦었는데 가무음곡(歌舞音曲)으로써 가구(街衢)를 소란케 하는 것은 법규상 안 된다. 그래 주파(酒婆)가 이러니저러니 좀 했더니 S 군과 B 군은 불온하기 짝이 없는 언사로 주파를 탄압하면, 유정은 또 주파를 의미 깊게 흘낏, 한 번 흘겨보더니,

"김 형! 우리 소리합시다."

하고 그 척척 붙어 올라올 것 같은 끈적끈적한 목소리로 '강원도 아리랑 팔만구암자(八萬九庵子)'를 내뽑는다. 이 유정의 '강원도 아리랑'은 바야흐로 천하일품의 경지다.

나는 소독 젓가락으로 추탕(鰍湯) 보시기 전을 갈기면서 장단을 맞춰 좋아하는데 가만히 보니까 한쪽에서 S 군과 B 군이 불화다. 취중 문학담이 자연 아마 그리된 모양인데 부전부전하게[68] 유정이가 또 거기 가 한몫 끼는 것이다. 나는 술들이나 먹지 저 왜들 저러누, 하고 서서 보고만 있자니까 유정이가 예의 그 벙거지를 떡 벗어 던지더니 두루마기 마고자 저고리

68 남의 사정은 생각지 않고 자기 일만 하려고 서두르다.

를 차례로 벗어젖히고는 S 군과 맞달라붙는 것이 아닌가.

싸움의 테마는 아마 춘원(春園)의 문학적 가치 운운이던 모양인데 어쨌든 피차 어지간히들 취중이라 문학은 저리 집어치우고 인제 문제는 체력이다. 뺨도 치고 제법 태껸도 한다. S 군은 이리 비철 저리 비철하면서 유정의 착의일식(着衣一式)을 주워 들고 바로 뜯어말린답시고 한가운데 가 끼어서 꾸기적꾸기적하는데 가는 발길 오는 발길에 이래저래 피해가 많은 꼴이다.

놀란 것은 주파와 나다.

주파는 술은 더 못 팔아도 좋으니 이분들을 좀 밖으로 모셔 내라는 애원이다. 나는 B 군과 협력해서 가까스로 용사들을 밖으로 끌고 나오기는 나왔으나 이번에는 자동차가 줄 대서 왕래하는 대로 한복판에서들 활약이다. 구경꾼이 금시로 모여든다. 용사들의 사기는 백열화(白熱化)한다.

나는 선불리 좀 뜯어말리는 체하다가 얼떨결에 벙거지 벗어진 것이 당장 용사들의 군용화에 유린을 당하고 말았다. 그만 나는 어이가 없어서 전선주에 가 기대서서 이 만화(漫畫)를 서서히 감상하자니까 — .

B 군은 이건 또 언제 어디서 획득했는지 모를 오 합(合)들이 술병을 거꾸로 쥐고 육모 방망이 내휘두르듯 하면서 중재 중인데 여전히 피해가 많다. B 군은 이윽고 그 술병을 한 번 허공에 한층 높이 내휘두르더니 그 우렁찬 목소리로 산명곡응(山鳴谷應)하라고 최후의 대갈일성(大喝一聲)을 시험해도 전황은 여전하다.

B 군은 그만 화가 벌컥 난 모양이다. 그 술병을 지면 위에다 내던지고 가로되,

"네놈들을 내 한꺼번에 죽이겠다."

라고 결의의 빛을 표시하더니 좌충우돌로 동에 번쩍 서에 번쩍 S 군, 유정의 분간이 없이 막 구타하기 시작이다.

이 광경을 본 나도 놀랐거니와 더욱 놀란 것은 전사 두 사람이다. 여태껏 싸움 말리는 역할을 하느라고 하던 B 군이 별안간 이처럼 태도를 표변하니 교전하던 양인이 놀라지 않을 수가 없다.

B 군은 우선 유정의 턱 밑을 주먹으로 공격했다. 경악한 유정은 방어의 자세를 취하면서 한쪽으로 비키니까 B 군은 이번엔 S 군을 걷어찼다. S 군은 눈이 뚱그레서 이 역 한편으로 비키면서 이건 또 무슨 생각으로,

"너! 유정이! 뎀벼라."

"오냐! S! 너! 나헌테 좀 맞어 봐라."

하면서 원래의 적이 다시금 달라붙으니까 B 군은 그냥 두 사람을 얼러서 걷어차면서 주먹비를 내리우는 것이다. 두 사람은 일제히 공격을 B 군에게로 모아 가지고 쉽사리 B 군을 격퇴한 다음 이어 본전을 계속 중에 B 군은 이번엔 S 군의 불두덩을 걷어찼다. 노발대발한 S 군은 B 군을 향하여 맹렬한 일축(一蹴)을 수행하니까 이 틈을 타서 유정은 S 군에게 이 또한 그만 못지않은 일축을 결행한다. 이러면 B 군은 또 선수를 돌려 유정을 겨누어 거룩한 일축을 발사한다. 유정은 S 군을, S 군은 B 군을, B 군은 유정을, 유정은 S 군을, S 군은 — .

이것은 그냥 상상만으로도 족히 포복절도할 절경임에 틀림없다. 나는 그만 내 병거지가 여지없이 파멸한 것은 활연(豁然)히 잊어버리고 웃음보가 곧 터질 지경인 것을 억지로 참고

있자니까 사람은 점점 꼬여 드는데, 이 진무류[69]의 혼전은 언제나 끝날지 자못 묘연하다.

이때 옆 골목으로부터 순행하던 경관이 칼 소리를 내면서 나왔다. 나와서 가만히 보니까 이건 싸움은 싸움인 모양인데 대체 누가 누구하고 싸우는 것인지 종잡을 수가 없는 것이다.

경관도 기가 막혀서,

"이게 날이 너무 춥더니 실진(失眞)들을 한 게로군."

하는 모양으로 뒷짐을 지고 서서 한참이나 원망(遠望)한 끝에 대갈일성,

"가엣!"[70]

나는 이 추운 날 유치장에를 들어갔다가는 큰일이겠으므로,

"곧 집으로 데리구 가겠습니다. 용서하십쇼. 술들이 몹시 취해 그렇습니다."

하고 고두백배한 것이다.

경관의 두 번째 '가에렛'[71] 소리에 겨우 이 삼국지는 아마 종식하였던가 한다.

이 이야기를 듣고 태원이, "거 요코미쓰 리이치[72]의 『기계(機械)』 같소그려." 하였다. (물론 이 세 동무는 그 이튿날은 언제 그

69 珍無類. 유례없이 진귀한 것.

70 일본어로 '돌아가.'라는 말이다.

71 일본말 '돌아가.(帰れ。)'라는 말이다.

72 요코미쓰 리이치(横光利一, 1898~1947): 일본의 소설가. 가와바타 야스나리(川端康成)와 더불어 신감각파 운동을 전개한 신심리주의 문학가. 소설 「기계(機械)」, 「문장(紋章)」, 「일륜(日輪)」 등을 썼다.

런 일 있었더냐는 듯이 계속하여 정다웠다.)

유정은 폐가 거의 결딴이 나다시피 못쓰게 되었다. 그가 웃통 벗은 것을 보았는데 기구한 척신(瘠身)이 나와 비슷하다. 늘,

"김 형이 그저 두 달만 약주를 끊었으면 건강해지실 텐데."

해도 막무가내하[73]더니 지난 7월부터 마음을 돌려 정릉리(貞陵里) 어느 절간에 숨어 정양 중이라니, 추풍(秋風)이 점기(漸起)에 건강한 유정을 맞을 생각을 하면 나도 독자도 함께 기쁘다.

73 막무가내하(莫無可奈何). 도무지 융통성이 없고 고집이 세어 어찌할 수가 없음. 무가내하. 막가내하.

산촌여정(山村餘情)[74]

— 성천기행(成川紀行) 중의 몇 절

1

향기로운 MJB[75]의 미각을 잊어버린 지도 이십여 일이나 됩니다. 이곳에는 신문도 잘 아니 오고 체전부(遞傳夫)는 이따금 '하도롱' 빛[76] 소식을 가져옵니다. 거기는 누에고치와 옥수수의 사연이 적혀 있습니다. 마을 사람들은 멀리 떨어져 사는 일가 때문에 수심이 생겼나 봅니다. 나도 도회에 남기고 온 일이 걱정이 됩니다.

건너편 팔봉산(八峰山)에는 노루와 멧도야지가 있답니다.

74 이 글은 《매일신보》(1935. 9. 27–1935. 10. 11)에 연재되었다. 이상이 경성에서 운영하던 다방 '제비'를 폐업한 후 경성고공 동기생인 원용석이 산업기사로 취직하여 일하고 있던 평안남도 성천 지방을 여행하면서 겪었던 일들을 바탕으로 한다.

75 미국의 커피 회사가 만들어 낸 커피의 상표명.

76 하도롱지는 영어의 'hard-rolled-paper'를 일본어식으로 표현한 말. 포장지나 봉투용으로 쓰이는 다갈색의 질긴 종이를 말한다. 여기서는 다갈색의 편지 봉투를 뜻함.

그리고 기우제(祈雨祭) 지내던 개골창까지 내려와서 가제를 잡아먹는 곰을 본 사람도 있습니다. 동물원에서밖에 볼 수 없는 짐승, 산에 있는 짐승들을 이런 산에다 내어놓아 준 것만 같은 착각을 자꾸만 느낍니다. 밤이 되면, 달도 없는 그믐칠야(漆夜)에 팔봉산도 사람이 침소(寢所)로 들어가듯이 어둠 속으로 아주 없어져 버립니다.

그러나 공기는 수정(水晶)처럼 맑아서 별빛만으로라도 넉넉히, 좋아하는 누가복음(福音)도 읽을 수 있을 것 같습니다. 그리고 또 참 별이 도회에서보다 갑절이나 더 많이 나옵니다. 하도 조용한 것이 처음으로 별들의 운행하는 기척이 들리는 것도 같습니다. 객줏집 방에는 석유 등잔을 켜 놓습니다. 그 도회지의 석간(夕刊)과 같은 그윽한 내음새가 소년 시대의 꿈을 부릅니다. 정형(鄭兄)! 그런 석유 등잔 밑에서 밤이 이슥하도록 '호까'— 연초갑지(煙草匣紙) — 부치던 생각이 납니다. 베짱이가 한 마리 등잔에 올라앉아서 그 연둣빛 색채로 혼곤한 내 꿈에 마치 영어 '티(T)' 자를 쓰고 건너 긋듯이 유다른 기억에다는 군데군데 '언더라인'을 하여 놓습니다. 슬퍼하는 것처럼 고개를 숙이고 도회의 여차장(女車掌)이 차표 찍는 소리 같은 그 성악(聲樂)을 가만히 듣습니다. 그러면 그것이 또 이발소 가위 소리와도 같아집니다. 나는 눈까지 감고 가만히 또 자세히 들어 봅니다.

그리고 비망록(備忘錄)을 꺼내어 머룻빛 잉크로 산촌의 시정(詩情)을 기초(起草)합니다.

그저께 신문을 찢어 버린

때묻은 흰나비
봉선화는 아름다운 애인의 귀처럼 생기고
귀에 보이는 지난날의 기사(記事)

얼마 있으면 목이 마릅니다. 자리물[77] — 심해(深海)처럼 가라앉은 냉수를 마십니다. 석영질(石英質) 광석 내음새가 나면서 폐부에 한란계(寒暖計) 같은 길을 느낍니다. 나는 백지 위에 그 싸늘한 곡선을 그리라면 그릴 수도 있을 것 같습니다.

청석(靑石) 얹은 지붕에 별빛이 내리쪼이면 한겨울에 장독 터지는 것 같은 소리가 납니다. 벌레 소리가 요란합니다. 가을이 이런 시간에 엽서 한 장에 적을 만큼씩 오는 까닭입니다. 이런 때 참 무슨 재주로 광음(光陰)을 헤아리겠습니까? 맥박 소리가 이 방 안을 방째 시계로 만들어 버리고 장침과 단침의 나사못이 돌아가느라고 양쪽 눈이 번갈아 간즐간즐합니다. 코로 기계기름 내음새가 드나듭니다. 석유 잔등 밑에서 졸음이 오는 기분입니다.

'파라마운트' 회사[78] 상표처럼 생긴 도회 소녀가 나오는 꿈을 조금 꿉니다. 그러다가 어느 사이에 도회에 남겨 두고 온 가난한 식구들을 꿈에 봅니다. 그들은 포로들의 사진처럼 나란히 늘어섭니다. 그리고 내게 걱정을 시킵니다. 그러면 그만 잠이 깨어 버립니다.

죽어 버릴까 그런 생각을 하여 봅니다. 벽 못에 걸린 다 해

77 자리끼. 밤에 마시려고 잠자리의 머리맡에 두는 물.

78 미국 할리우드의 영화 제작사. Paramount Pictures Corporation.

어진 내 저고리를 쳐다봅니다. 서도천리(西道千里)를 나를 따라 여기 와 있습니다 그려!

2

등잔 심지를 돋우고 불을 켠 다음 비망록에 철필(鐵筆)로 군청빛 '모'를 심어 갑니다. 불행한 인구(人口)가 그 위에 하나 하나 탄생합니다. 조밀한 인구가 ―.

내일은 진종일 화초만 보고 놀리라, 탈지면에다 '알콜'을 묻혀서 온갖 근심을 문지르리라, 이런 생각을 먹습니다. 너무도 꿈자리가 뒤숭숭하여서 그러는 것입니다. 화초가 피어 만발하는 꿈, '그라비어'[79] 원색판 꿈, 그림책을 보듯이 즐겁게 꿈을 꾸고 싶습니다. 그러면 간단한 설명을 위하여 상쾌한 시를 지어서 7포인트 활자로 배치하는 것도 좋습니다.

도회에 화려한 고향이 있습니다. 활엽수만으로 된 산이 고향의 시각을 가려 버린 이 산촌에 팔봉산 허리를 넘는 철골 전주가 소식의 제목만을 부호로 전하는 것 같습니다.

아침에 볕에 시달려서 마당이 부시럭거리면 그 소리에 잠을 깹니다. 하루라는 짐이 마당에 가득한 가운데 새빨간 잠자리가 병균처럼 활동합니다. 끄지 않고 잔 석유 등잔에 불이 그저 켜진 채 소실된 밤의 흔적이 낡은 조끼 단추처럼 남아 있습

79 그라비어(gravure). 사진 요판. 사진 응용 제판 인쇄법의 하나. 판식(版式)은 요판이며, 잉크층의 얇고 두꺼움에 따라 사진 그림 등의 밝고 어두운 정도를 잘 표현해 준다.

니다. 작야(昨夜)를 방문할 수 있는 '요비링'[80]입니다. 지난밤의 체온을 방안에 내어던진 채 마당에 나서면 마당 한 모퉁이에는 화단이 있습니다. 불타오르는 듯한 맨드라미꽃 그리고 봉선화.

지하에서 빨아올리는 이 화초들의 정열에 호흡이 더워 오는 것 같습니다. 여기 처녀 손톱 끝에 물들을 봉선화 중에는 흰 것도 섞였습니다. 흰 봉선화도 붉게 물들까? — 조금도 이상스러울 것 없이 흰 봉선화는 꼭두서니빛[81]으로 곱게 물듭니다.

수수깡 울타리에 '오렌지'빛 유자가 열렸습니다. 당콩 넝쿨과 어우러져서 '세피아'빛을 배경으로 하는 일폭의 병풍입니다. 이 끝으로는 호박 넝쿨 그 소박하면서도 대담한 호박꽃에 '스파르타'식 꿀벌이 한 마리 앉아 있습니다. 담황색에 반영되어 '세실·B·데일'[82]의 영화처럼 화려하며 황금색으로 치사(侈奢)합니다. 귀를 기울이면 '르네쌍스'[83] 응접실에서 들리는 선풍기 소리가 납니다.

야채 '사라다'에 놓이는 '아스파라가스' 잎사귀 같은 또 무슨 화초가 있습니다. 객줏집 아이에게 물어봅니다. '기상

80 벨. 초인종.

81 꼭두서니를 원료로 하여 만든 물감의 빨간빛. 꼭두서니는 한국의 각지에 두루 분포하는 다년생의 덩굴진 풀로서 7~8월에 노란색 꽃이 피며, 난형의 잎과 가시가 있는 방형의 줄기를 가지고 있다.

82 미국 영화 제작자.

83 당시 경성에 있던 카페의 이름.

꽃' — 기생화(妓生花)라는 말입니다. 무슨 꽃이 피나? — 진홍 비단꽃이 핀답니다.

선조(先祖)가 지정하지 아니한 '조셋트'[84] 치마에 '웨스트민스터' 권련을 감아 놓은 것 같은 도회의 기생의 아름다움을 연상하여 봅니다. 박하보다도 훈훈한 '리그레추잉껌' 내음새 두꺼운 장부를 넘기는 듯한 그 입맛 다시는 소리 — 그러나 아마 여기 필 기생꽃은 분명히 혜원(蕙園) 그림에서 보는 것 같은 — 혹은 우리가 소년 시대에 보던 떨떨이 인력거에 홍일산(紅日傘) 받은 지금은 지난날의 삽화인 기생(妓生)일 것 같습니다.

청둥호박이 열렸습니다. 호박 고자리[85]에 무 시루떡 — 그 훅훅 끼치는 구수한 김에 쫓아서 증조할아버지의 시골뜨기 망령들은 정월 초하룻날, 한식날 오시는 것입니다. 그러나 저 국가 백 년의 기반을 생각하게 하는 넙적하고도 묵직한 안정감과 침착한 색채는 럭비구(球)를 안고 뛰는 이 '제너레숀'의 젊은 용사의 굵직한 팔뚝을 기다리는 것도 같습니다.

유자가 익으면 껍질이 벌어지면서 속이 삐져나온답니다. 하나를 따서 실 끝에 매어서 방에다가 걸어 둡니다. 물방울 져 떨어지는 풍염(豊艶)한 미각 밑에서 연필(鉛筆)같이 수척하여 가는 이 몸에 조금씩 조금씩 살이 오르는 것 같습니다. 그러

84 josette. 운동복이나 바지의 옷감으로, 정교하게 짠 면직의 일종.

85 호박고지 혹은 호박오가리. 청둥호박을 얇게 썰어서 말려 놓은 것. 물에 불려 쌀가루와 섞어 시루떡을 해 먹는다.

나 이 야채도 과실도 아닌 유머러스한 용적(容積)에 향기가 없습니다. 다만 세숫비누에 한 겹씩 한 겹씩 해소되는 내 도회의 육향(肉香)이 방 안에 배회할 뿐입니다.

3

팔봉산 올라가는 초경(草徑) 입구 모퉁이에 최×× 송덕비(崔××頌德碑)와 또 ××××아무개의 영세불망비(永世不忘碑)가 항공 우편 '포스트'처럼 서 있습니다. 듣자니 그들은 다 아직도 생존하여 계시다 합니다. 우습지 않습니까?

교회가 보고 싶었습니다. 그래서 '예루살렘' 성역을 수만 리 떨어져 있는 이 마을의 농민들까지도 사랑하는 신 앞에서 회개하고 싶었습니다. 발길이 찬송가 소리 나는 곳으로 갑니다. '포푸라'나무 밑에 염소 한 마리를 매어 놓았습니다. 구식으로 수염이 났습니다. 나는 그 앞에 가서 그 총명한 동공을 들여다봅니다. '세루로이드'로 만든 정교한 구슬을 '오브라드'[86]로 싼 것같이 맑고 총명하고 깨끗하고 아름답습니다. 도색(桃色) 눈자위가 움직이면서 내 삼정(三停)과 오악(五岳)[87]이 고르지 못한 빈상(貧相)을 업신여기는 중입니다.

옥수수밭은 일대 관병식(觀兵式)입니다. 바람이 불면 갑주

86 oblato. 전분으로 만든 얇고 투명한 포장지.

87 관상학에서 이르는 얼굴의 형태. 삼정은 얼굴의 이마 부분(상정), 코를 중심으로 한 중간 부분(중정), 코 밑의 입과 턱 부분(하정)을 말하며, 오악은 이마, 코, 턱, 좌우 볼(광대뼈)을 말한다.

(甲冑) 부딪치는 소리가 우수수 납니다. '카마인'[88]빛 꼭구마[89]가 뒤로 휘면서 너울거립니다. 팔봉산에서 총소리가 들렸습니다. 장엄한 예포(禮砲) 소리가 분명합니다. 그러나 그것은 내 곁에서 소조(小鳥)의 간(肝)을 떨어뜨린 공기총 소리였습니다. 그러면 옥수수밭에서 백, 황, 흑, 회, 또 백, 가지각색의 개가 퍽 여러 마리 열을 지어서 걸어 나옵니다. '센슈얼'한 계절의 흥분이 이 '코삭크'[90] 관병식을 한층 더 화려하게 합니다.

산삼(山蔘)이 풀어져 흐르는 시내 징검다리 위에는 백채(白菜) 씻은 자취가 있습니다. 풋김치의 청신한 미각이 안약(眼藥) '스마일'을 연상시킵니다. 나는 그 화성암(火成岩)으로 반들반들한 징검다리 위에 삐뚜러진 N 자(字)로 쪼그리고 앉았노라면 시야에 물동이를 이고 주저하는 두 젊은 새악씨가 있습니다. 나는 미안해서 일어나기는 났으면서도 일부러 마주 보면서 걸어갑니다. 스칩니다. '하도롱'빛 피부에서 푸성귀 내음새가 납니다. '코코아'빛 입술은 머루와 다래로 젖었습니다. 나를 아니 보는 동공에는 정제된 창공(蒼空)이 '간쓰메'가 되어 있습니다.

M 백화점 '미소노' 화장품 '스위트 걸'이 신은 양말은 이 새악씨들의 피부색과 똑같은 소맥(小麥)빛이었습니다. 삐뚜름히 붙인 초유선형 모자, 고양이 배에 화스너[91]를 장치한 갑붓한 '핸드백' — 이렇게 도회의 참신하다는 여성들을 연상

88 carmine. 붉은색의 안료.

89 꼬꼬마. 군졸의 벙거지에 꽂는 붉은 깃털이나 실오리. 여기서는 옥수수의 붉은 수염을 말한다.

90 Cossack. 중앙아시아의 카자흐스탄.

91 fastener. 핸드백에 달린 잠금장치.

하여 봅니다. 그리고 새벽 아스팔트를 구르는 창백한 공장 소녀들의 회충(蛔蟲)과 같은 손가락을 연상하여 봅니다. 그 온갖 계급의 도회 여인들 연약한 피부 위에는 그네들의 빈부를 묻지 않고 온갖 육중한 지문(指紋)을 느끼지 않습니까.

4

그러나 가난하나마 무명같이 튼튼한 피부 위에 오점(汚點)이 없고 '추잉껌', '초콜릿' 대신에 웅어리는 빼어 먹고 달적지근한 꼬아리를 불며 숭굴숭굴한 이 시골 새악씨들을 더 나는 끔찍이 알고 싶습니다. 축복하여 주고 싶습니다. 교회는 보이지 않습니다. 도회인의 교활한 시선이 수줍어서 수풀 사이로 숨어 버리고 종소리의 여운만이 근처에 내음새처럼 남아서 배회하고 있습니다. 혹 그것은 안식을 잃은 내 영혼이 들은바 환청(幻聽)에 지나지 않았는지도 모릅니다.

조밭 한복판에 높은 뽕나무가 있습니다. 뽕 따는 새악씨가 전공부(電工夫)처럼 높이 나무 위에 올랐습니다. 순백의 가장 탐스러운 과실이 열렸습니다. 둘이서는 나무에 오르고 하나는 나무 밑에서 다래이를 채우고 있습니다. 한두 잎만 따도 다래이가 철철 넘는 민요의 무대면(舞臺面)입니다.

조 이삭은 다 말라죽었습니다. '콜크'처럼 가벼운 이삭이 근심스럽게 고개를 숙였습니다. 오, 비야 좀 오려무나, 해면처럼 물을 빨아들이고 싶어 죽겠습니다. 그러나 하늘은 금(禁)한 듯이 구름이 없고 푸르고 맑고 또 부숭부숭하니 깊지 못한 뿌리의 SOS가 암반 아래를 흐르는 지하수에 다다르겠습니까.

두 소년이 고무신을 벗어 들고 시냇물에 발을 잠가 고기를 잡습니다. 지상의 원한이 스며 흐르는 정맥(靜脈) — 그 불길하고 독한 물에 어떤 어족(魚族)이 살고 있는지 — 시내는 대지의 신열(身熱)을 뚫고 벌판 기울어진 방향으로 흐르고 있습니다. 그것은 가을의 풍설(風說)입니다.

가을이 올 터인데 와도 좋으냐고 쏘근쏘근하지 않습니까. 조 이삭이 초례청(初禮廳) 신부가 절할 때 나는 소리같이 부수수 구깁니다. 노회한 바람이 조 잎새에게 난숙(爛熟)을 최촉하는 것입니다. 그러나 조의 마음은 푸르고 초조하고 어립니다.

조밭을 어지러뜨린 자는 누구냐? — 기왕 안 될 조여든 — 그런 마음으로 그랬나요, 몹시 어지러뜨려 놓았습니다. 누에 — 호호(戶戶)에 누에가 있습니다. 조 이삭보다도 굵직한 누에가 삽시간에 뽕잎을 먹습니다. 이 건강한 미각은 왕후(王侯)와 같이 지존스러우며 치사(侈奢)스럽습니다. 새악씨들은 뽕 심부름하는 것으로 몸의 마지막 광영을 삼습니다. 그러나 뽕이 떨어졌습니다. 폐백(幣帛)이 동이 난 것과 같이 새악씨들의 정열은 허둥지둥하는 것입니다.

야음을 타서 새악씨들은 경장(輕裝)으로 나섭니다. 얼굴의 홍조가 가리키는 방향으로 — 뽕나무에 우승배(優勝盃)가 놓여 있습니다. 그리로만 가면 되는 것입니다. 조밭을 짓밟습니다. 자외선에 맛있게 그슬린 새악씨들의 발이 그대로 조 이삭을 무찌르고 '스크람'입니다. 그리하여 하늘에 다를 치성(致誠)이 천고마비 잠실(蠶室) 안에 있는 성스러운 귀족 가축들을 살찌게 하는 것입니다. '코렛트' 부인의 『빈묘(牝

猫)』[92]를 생각하게 하는 말캉말캉한 '로맨스'입니다.

5

간이 학교 곁집 길가에서 들여다보이는 방에 틀이 띠들고 있습니다. 편발 처자(處子)가 맨발로 기계를 건드리고 있습니다. 그러면 기계는 허리를 스치는 가느다란 실이 간지럽다는 듯이 깔깔깔깔 대소(大笑)하는 것입니다. 웃으며 지근대며 명산(名産) XX명주(明紬)가 짜여 나오니 열대 자 수건이 성묘 갈 때 입을 때때를 만들고 시집살이 설움을 씻어 주고 또 꿈과 꿈을 말소하는 쓰레받기도 되고 — 이렇게 실없는 내 환희입니다.

담배 가게 곁방 안에는 오늘 황혼을 미리 가져다 놓았습니다. 침침한 몇 '가론'의 공기 속에 생생한 침엽수가 울창합니다. 황혼에만 사는 이민 같은 이국 초목에는 순백의 갸름한 열매가 무수히 열렸습니다. 고치 — 귀화한 '마리아'들이 최신 지혜의 과실을 단려(端麗)한 맵시로 따고 있습니다. 그 아들의 불행한 최후를 슬퍼하며 '크리스마스트리'를 헐어 들어가는 '피에타' 화폭 전도(全圖)입니다.

학교 마당에는 '코스모스'가 피어 있고 생도들은 글을 배우고 있습니다. 그들은 열심히 간단한 산술을 놓아 그들의 정직과 순박을 지혜와 교활로 환산하고 있습니다. 탄식할 이식

92 프랑스의 작가 콜레트(Gabrielle Colette)의 소설 작품 『암코양이(La Chatte)』를 말한다.

산(利息算)이 아니겠습니까. 족보를 찢어 버린 것과 같은 흰나비가 두어 마리 백묵 내음새 나는 화단 위에서 반복이 무상합니다. 또 연식 '테니스'공의 마개 뽑는 소리가 음향의 흔적이 되어서는 등고선(等高線)의 각 점 모양으로 남아 있는 것 같습니다. 이 마당에서 오늘 밤에 금융 조합 선전 활동사진회가 열립니다. 활동사진? 세기의 총아 — 온갖 예술 위에 군림하는 '넘버' 제8예술의 승리. 그 고답적이고도 탕아적(蕩兒的)인 매력을 무엇에다 비하겠습니까. 그러나 이곳 주민들은 활동사진에 대하여 한낱 동화적인 꿈을 가진 채 있습니다. 그림이 움직일 수 있는 이것은 참 홍모(紅毛) 오랑캐의 요술을 배워 가지고 온 것 같으면서도 같지 않은 동포의 부러운 재간입니다.

활동사진을 보고 난 다음에 맛보는 담백한 허무 — 장주(莊周)의 호접몽(胡蝶夢)이 이러하였을 것입니다. 나의 동글납작한 머리가 그대로 '카메라'가 되어 피곤한 '더블 렌즈'로나마 몇 번이나 이 옥수수 무르익어 가는 초추(初秋)의 정경을 촬영하였으며 영사(映寫)하였든가 — '후랫쉬백'으로 흐르는 엷은 애수 — 도회에 남아 있는 몇 고독한 '팬'에게 보내는 단장의 스틸이외다.

6

밤이 되었습니다. 초열흘 가까운 달이 초저녁이 조금 지나면 나옵니다. 마당에 멍석을 펴고 전설 같은 시민이 모여듭니다. 축음기 앞에서 고개를 갸웃거리는 북극 '펭귄' 새들이나 무엇이 다르겠습니까. 짧고도 기다란 인생을 적어 내려갈 편

전지(便箋紙) — '스크린'이 박모(薄暮) 속에서 '바이오그래피'의 예비 표정입니다. 내가 있는 건너편 객줏집에 든 도회풍 여인도 왔나 봅니다. 사투리의 합음이 마당 안에서 들립니다.

시작입니다. 부산 잔교(棧橋)가 나타납니다. 평양 모란봉(牧丹峰)입니다. 압록강(鴨綠江) 철교가 역사적으로 돌아갑니다. 박수와 갈채 — 태서의 명감독이 바야흐로 안색이 없습니다. 십 분 휴게 시간에 조합 이사의 통역부연설(通譯附演說)이 있었습니다.

달은 구름 속에 있습니다. 금연 — 이라는 느낌입니다. 연설하는 이사 얼굴에 전등의 '스폿트'도 비쳤습니다. 산천초목이 다 경동할 일입니다. 전등 — 이곳 촌민들은 XX행 자동차 '헷드라이트' 외에 전등을 본 일이 없습니다. 그 눈이 부시게 밝은 광선 속에서 창백한 이사는 강단하였습니다. 우매한 백성들은 이 이사의 웅변에 한 사람도 박수하지 않습니다. — 물론 나도 그 우매한 백성 중의 하나일 수밖에 없었습니다만은 — .

밤 열한 시나 지나서 영화 감상의 밤은 '해피엔드'였습니다. 조합원들과 영사 기사는 이 촌 유일의 음식점에서 위로회를 열었습니다. 나는 객사로 돌아와서 죽어 가는 등잔 심지를 돋우고 독서를 시작하였습니다. 그것은 이웃 방에 묵고 계신 노신사께서 내 나태와 우울을 훈계하는 뜻에서 빌려주신 고다 로한(幸田露伴)[93] 박사가 지은 『인(人)의 도(道)』라는 진서(珍書)입니다. 개가 멀리서 끊일 사이 없이 이어 짖어 댑니다.

93 고다 로한(1967~1947): 일본의 작가로 『오층탑』, 『고래잡이』 등의 작품을 남겼다.

그윽한 '하이칼라' 방향(芳香)을 못 잊어 군중은 아직도 헤어지지 않았나 봅니다.

구름이 걷히고 달이 나왔습니다. 벌레가 무도회의 창문을 열어 놓은 것처럼 왁작 요란스럽습니다. 아지 못하는 노방(路傍)의 인(人)을 사모하는 도회인적인 향수가 있습니다. 신간 잡지의 표지와 같이 신선한 여인들 — '넥타이'와 동갑인 신사들 그리고 창백한 여러 동무들 — 나를 기다리지 않는 고향 — 도회에 내 나체의 말씀을 번안하여 보내 주고 싶습니다. 잠 — 성경을 채자하다가 엎질러 버린 인쇄 직공이 아무렇게나 주어 담은 지리멸렬한 활자의 꿈, 나도 갈갈이 찢어진 사도(使徒)가 되어서 세 번 아니라 열 번이라도 굶는 가족을 모른다고 그럽니다.

근심이 나를 제(除)한 세상보다 큽니다. 내가 갑문을 열면 폐허가 된 이 육신으로 근심의 조수(潮水)가 스며들어 옵니다. 그러나 나는 나의 '메소이스트'94 병마개를 아직 뽑지는 않습니다. 근심은 나를 싸고돌며 그러는 동안에 이 육신은 풍마우세(風磨雨洗)로 저절로 다 말라 없어지고 말 것입니다.

밤의 슬픈 공기를 원고지 위에 깔고 창백한 동무에게 편지를 씁니다. 그 속에는 자신의 부고(訃告)도 동봉하여 있습니다.

94 마조히스트(masochist). 피학성 음란증 환자.

권태(倦怠)[95]

1

어서 — 차라리 — 어두워 버리기나 했으면 좋겠는데 — 벽촌의 여름날은 지리해서 죽겠을 만치 길다.

동에 팔봉산(八峰山). 곡선은 왜 저리도 굴곡이 없이 단조로운고?

서를 보아도 벌판, 남을 보아도 벌판, 북을 보아도 벌판, 아 — 이 벌판은 어쩌라고 이렇게 한이 없이 늘어 놓였을꼬? 어쩌자고 저렇게까지 똑같이 초록색 하나로 되어 먹었노?

농가가 가운데 길 하나를 두고 좌우로 한 십여 호씩 있다. 휘청거린 소나무 기둥 흙을 주물러 바른 벽 강낭대[96]로 둘러

95 이 글은 이상의 죽음(1937년 4월 17일)이 세상에 알려진 후 《조선일보》(1937. 5. 4~1937. 5. 11)에 연재된 것이다. 작품의 말미에 표시된 날짜를 보면, 이 글은 도쿄에서 1936년 12월 19일 새벽에 쓴 것으로 짐작된다. 이상의 수필 「산촌여정」과 비슷한 배경을 지닌 글이다.

96 옥수숫대.

싼 울타리, 울타리를 덮은 호박 넝쿨 모두가 그게 그것같이 똑같다.

어제 보던 댑싸리나무 오늘도 보는 김 서방 내일도 보아야 할 신둥이 검둥이.

해는 100도 가까운 볕을 지붕에도 벌판에도 뽕나무에도 암탉 꼬랑지에도 내려쪼인다. 아침이나 저녁이나 뜨거워서 견딜 수가 없는 염서(炎署) 계속이다.

나는 아침을 먹었다. 할 일이 없다. 그러나 무작정 널다란 백지 같은 '오늘'이라는 것이 내 앞에 펼쳐져 있으면서 무슨 기사라도 좋으니 강요한다. 나는 무엇이고 하지 않으면 안 된다. 무엇을 해야 할 것인가 연구해야 된다. 그럼 — 나는 최 서방네 집 사랑 툇마루로 장기나 두러 갈까. 그것 좋다.

최 서방은 들에 나갔다. 최 서방네 사랑에는 아무도 없나 보다. 최 서방의 조카가 낮잠을 잔다. 아하 — 내가 아침을 먹은 것은 10시나 지난 후니까 최 서방의 조카로서는 낮잠 잘 시간에 틀림없다.

나는 최 서방의 조카를 깨워 가지고 장기를 한판 벌이기로 한다. 최 서방의 조카와 열 번 두면 열 번 내가 이긴다. 최 서방의 조카로서는 그러니까 나와 장기 둔다는 것, 그것부터가 권태(倦怠)다. 밤낮 두어야 마찬가질 바에는 안 두는 것이 차라리 나았지. — 그러나 안 두면 또 무엇을 하나? 둘 수밖에 없다.

지는 것도 권태(倦怠)이거늘 이기는 것이 어찌 권태 아닐 수 있으랴? 열 번 두어서 열 번 내리 이기는 장난이란 열 번 지는 이상으로 싱거운 장난이다. 나는 참 싱거워서 견딜 수 없다.

한번쯤 저주리라. 나는 한참 생각하는 체하다가 슬그머니 위험한 자리에 장기 조각을 갖다 놓는다. 최 서방의 조카는 하품을 쓱 한 번 하더니 이윽고 둔다는 것이 딴전이다. 으레 질 것이니까 골치 아프게 수를 보고 어쩌고 하기도 싫다는 사상(思想)이리라. 아무렇게나 생각나는 대로 장기를 갖다 놓고는 그저 얼른 얼른 끝을 내어 저 줄 만큼 저 주면 이 상승장군(常勝將軍)은 이 압도적 권태(倦怠)를 이기지 못해 제출물에 가 버리겠지 하는 사상이리라. 가고 나면 또 낮잠이나 잘 작정이리라.

나는 부득이 또 이긴다. 인제 그만 두잔다. 물론 그만 두는 수밖에 없다.

일부러 저 준다는 것조차가 어려운 일이다. 나는 왜 저 최 서방의 조카처럼 아주 영영 방심 상태가 되어 버릴 수가 없나? 이 질식할 것 같은 권태 속에서도 자세한 승부에 구속을 받나? 아주 바보가 되는 수가 없나?

내게 남아 있는 이 치사스러운 인간 이욕이 다시없이 밉다. 나는 이 마지막 것을 면해야 한다. 권태를 인식하는 신경마저 버리고 완전히 허탈해 버려야 한다.

2

나는 개울가로 간다. 가물로 하여 너무나 빈약한 물이 소리 없이 흐른다. 뼈처럼 앙상한 물줄기가 왜 소리를 치지 않나?

너무 더웁다. 나뭇잎들이 다 축 늘어져서 허덕허덕하도록 더웁다. 이렇게 더우니 시냇물인들 서늘한 소리를 내어 보는 재간도 없으리라.

나는 그 물가에 앉는다. 앉아서 자 — 무슨 제목으로 나는 사색해야 할 것인가 생각해 본다. 그러나 물론 아무런 제목도 떠오르지는 않는다.

그렇다면 아무것도 생각 말기로 하자. 그저 한량없이 넓은 초록색 벌판, 지평선, 아무리 변화하여 보았댔자 결국 치열(稚劣)한 곡예의 역(域)을 벗어나지 않는 구름, 이런 것을 건너다본다.

지구 표면적의 백 분의 구십구가 이 공포의 초록색이리라. 그렇다면 지구야말로 너무나 단조무미한 채색이다. 도회에는 초록이 드물다. 나는 처음 여기 표착(漂着)하였을 때 이 신선한 초록빛에 놀랐고 사랑하였다. 그러나 닷새가 못 되어서 이 일망무제(一望無際)의 초록색은 조물주의 몰취미와 신경의 조잡성으로 말미암은 무미건조한 지구의 여백인 것을 발견하고 다시금 놀라지 않을 수 없었다.

어쩔 작정으로 저렇게 퍼러냐. 하루 온종일 저 푸른빛은 아무 짓도 하지 않는다. 오직 그 푸른 것에 백치(白痴)와 같이 만족하면서 푸른 채로 있다.

이윽고 밤이 오면 또 거대한 구렁이처럼 빛을 잃어버리고 소리도 없이 잔다. 이 무슨 거대한 겸손이냐.

이윽고 겨울이 오면 초록은 실색(失色)한다. 그러나 그것은 남루(襤褸)를 갈기갈기 찢은 것과 다름없는 추악한 색채로 변하는 것이다. 한겨울을 두고 이 황막하고 추악한 벌판을 바라보고 지내면서 그래도 자살 민절(悶絶)하지 않는 농민들은 불쌍하기도 하려니와 거대한 천치(天痴)다.

그들의 일생이 또한 이 벌판처럼 단조한 권태 일색으로 도포(塗布)된 것이리라. 일할 때는 초록 벌판처럼 더워서 숨이 칵칵 막히게 싱거울 것이오, 일하지 않을 때에는 겨울 황원처럼 거칠고 구지레하게 싱거울 것이다.

그들에게는 흥분이 없다. 벌판에 벼락이 떨어져도 그것은 뇌성(雷聲) 끝에 가끔 있는 다반사에 지나지 않는다. 촌동(村童)이 범에게 물려 가도 그것은 맹수가 사는 산촌에 가끔 있는 신벌(神罰)에 지나지 않는다. 실로 전신주 하나 없는 벌판에서 그들이 무엇을 대상으로 흥분할 수 있으랴.

팔봉산 등을 넘어 철골 전선주가 늘어섰다. 그러나 그 동선(銅線)은 이 촌락에 엽서 한 장을 내려뜨리지 않고 섰는 채다. 동선으로는 전류도 통하리라. 그러나 그들의 방이 아직도 송명(松明)[97]으로 어둠침침한 이상 그 전선주들은 이 마을 동구에 늘어선 포푸라나무와 조금도 다름이 없다.

그들에게 희망이 있던가? 가을에 곡식이 익으리라. 그러나 그것은 희망이 아니다. 본능이다.

내일. 내일도 오늘 하던 계속의 일을 해야지 이 끝없는 권태의 내일은 왜 이렇게 끝없이 있나? 그러나 그들은 그런 것을 생각할 줄 모른다. 간혹 그런 의혹이 전광과 같이 그들의 흉리(胸裏)를 스치는 일이 있어도 다음 순간 하루의 노역으로 말미암아 잠이 오고 만다. 그러니 농민은 참 불행하도다. 그럼 — 이 흉악한 권태를 자각할 줄 아는 나는 얼마나 행복된가.

97 관솔불.

3

댑싸리나무도 축 늘어졌다. 물은 흐르면서 가끔 웅덩이를 만나면 썩는다.

내가 앉아 있는 데에는 그런 웅덩이가 있다. 내 앞에서 물은 조용히 썩는다.

낮닭 우는 소리가 무던히 한가롭다. 어제도 울던 낮닭이 오늘도 또 울었다는 외에 아무 흥미도 없다. 들어도 그만 안 들어도 그만이다. 다만 우연히 귀에 들려왔으니까 그저 들었달 뿐이다.

닭은 그래도 새벽, 낮으로 울기나 한다. 그러나 이 동리의 개들은 짖지를 않는다. 그러면 모두 벙어리 개들인가 아니다. 그 증거로는 이 동리 사람 아닌 내가 돌팔매질을 하면서 위협하면 십 리나 달아나면서 나를 돌아다보고 짖는다.

그렇건만 내가 아무 그런 위험한 짓을 하지 않고 지나가면 천 리나 먼 데서 온 외인(外人), 더구나 안면이 이처럼 창백하고 봉발(蓬髮)이 작소(鵲巢)를 이룬 기이한 풍모를 쳐다보면서도 짖지 않는다. 참 이상하다. 어째서 여기 개들은 나를 보고 짖지를 않을까? 세상에도 희귀한 겸손한 겁쟁이 개들도 다 많다.

이 겁쟁이 개들은 이런 나를 보고도 짖지를 않으니 그럼 대체 무엇을 보아야 짖으랴?

그들은 짖을 일이 없다. 여인(旅人)은 이곳에 오지 않는다. 오지 않을 뿐만 아니라 국도 연변에 있지 않은 이 촌락을 그들은 지나갈 일도 없다. 가끔 이웃 마을의 김 서방이 온다. 그러나 그는 여기 최 서방과 똑같은 복장과 피부색과 사투리를 가졌으니 개들이 짖어 무엇하랴. 이 빈촌에는 도적이 없다. 인정 있는 도적이면 여기 너무나 빈한한 새악씨들을 위하여 훔친 바 비녀나 반지를 가만히 놓고 가지 않으면 안 되리라. 도적에게는 이 마을은 도적의 도심(盜心)을 도적맞기 쉬운 위험한 지대리라.

그러니 실로 개들이 무엇을 보고 짖으랴. 개들은 너무나 오랫동안 — 아마 그 출생 당시부터 — 짖는 버릇을 포기한 채 지내 왔다. 몇 대를 두고 짖지 않는 이곳 견족(犬族)들은 드디어 짖는다는 본능을 상실하고 만 것이리라. 인제는 돌이나 나무토막으로 얻어맞아서 견딜 수 없을 만큼 아파야 겨우 짖는다. 그러나 그와 같은 본능은 인간에게도 있으니 특히 개의 특징으로 쳐들 것은 못 되리라.

개들은 대개 제가 길러지는 집 문간에 가 앉아서 밤이면 밤잠 낮이면 낮잠을 잔다. 왜? 그들에겐 수위(守衛)할 아무 대상도 없으니까.

최 서방네 집 개가 이리로 온다. 그것을 김 서방네 집 개가 발견하고 일어나서 영접한다. 그러나 영접해 봤자 할 일이 없다. 양구(良久)에 그들은 헤어진다.

설레설레 길을 걸어 본다. 밤낮 다니던 길, 그 길에는 아무것도 떨어진 것이 없다. 촌민들은 한여름 보리와 조를 먹는다. 반찬은 날된장 풋고추다. 그러니 그들의 부엌에조차 남는 것이 없겠거늘 하물며 길가에 무엇이 족히 떨어져 있을 수 있으랴.

길을 걸어 봤자 소득이 없다. 낮잠이나 자자. 그리하여 개들은 천부(天賦)의 수위술(守衛術)을 망각하고 낮잠에 탐닉하여 버리지 않을 수 없을 만큼 타락하고 말았다.

슬픈 일이다. 짖을 줄 모르는 벙어리 개, 지킬 줄 모르는 게름뱅이 개, 이 바보 개들은 복날 개장국을 끓여 먹기 위하여 촌민의 희생이 된다. 그러나 불쌍한 개들은 음력도 모르니 복날은 몇 날이나 남았나 전연 알 길이 없다.

4

이 마을에는 신문도 오지 않는다. 소위 승합자동차라는 것도 통과하지 않으니 도회의 소식을 무슨 방법으로 알랴?

오관(五官)이 모조리 박탈(剝奪)된 것이나 다름없다. 답답한 하늘, 답답한 지평선, 답답한 풍경, 답답한 풍속 가운데서 나는 이리 데굴 저리 데굴 굴고 싶을 만치 답답해하고 지내야만 된다.

아무것도 생각할 수 없는 상태 이상으로 괴로운 상태가 또 있을까. 인간은 병석에서도 생각한다. 아니 병석에서는 더욱 많이 생각하는 법이다.

끝없는 권태가 사람을 엄습하였을 때 그의 동공은 내부를 향하여 열리리라. 그리하여 망쇄(忙殺)[98]할 때보다도 몇 배나 더 자신의 내면을 성찰할 수 있을 것이다.

현대인의 특질이요 질환인 자의식 과잉은 이런 권태하지 않을 수 없는 권태 계급의 철저한 권태로 말미암음이다. 육체적 한산(閑散) 정신적 권태 이것을 면할 수 없는 계급이 자의식 과잉의 절정을 표시한다.

98 몹시 바쁨.

그러나 지금 이 개울가에 앉은 나에게는 자의식 과잉조차가 폐쇄되었다.

이렇게 한산한데 이렇게 극도의 권태가 있는데 동공은 내부를 향하여 열리기를 주저한다.

아무것도 생각하기 싫다. 어제까지도 죽는 것을 생각하는 것 하나만은 즐거웠다. 그러나 오늘 그것조차가 귀찮다. 그러면 아무것도 생각하지 말고 눈뜬 채 졸기로 하자.

더워 죽겠는데 목욕이나 할까? 그러나 웅덩이 물은 썩었다. 썩지 않은 물을 찾아가는 것은 귀찮은 일이고 —

썩지 않은 물이 여기 있다기로서니 나는 목욕하지 않았으리라. 옷을 벗기가 귀찮다. 아니! 그보다도 그 창백하고 앙상한 수구(瘦軀)[99]를 백일 아래 널어 말리는 파렴치를 나는 견디기 어렵다.

땀이 옷에 배면? 밴 채 두자.

그렇다 하더라도 이 더위는 무슨 더위냐. 나는 내가 있는 집으로 돌아와서 세수를 하기로 한다. 나는 일어나서 오던 길을 되도는 도중에서 교미하는 개 한 쌍을 만났다. 그러나 인공의 기교가 없는 축류(畜類)의 교미는 풍경이 권태 그것인 것같이 권태 그것이다. 동리 동해(童孩)들에게도 젊은 촌부들에게도 흥미의 대상이 못 되는 이 개들의 교미는 또한 내게 있어서도 흥미의 대상이 되지 않는다.

함석 대야는 그 본연의 빛을 일찍이 잃어버리고 그들의 피부색과 같이 붉고 검다. 아마 이 집주인 아주머니가 시집올 때 가지고 온 것이리라.

99 빼빼 마른 몸.

세수를 해 본다. 물조차가 미지근하다. 물조차가 이 무지한 더위에는 견딜 수 없었나 보다. 그러나 세수의 관례대로 세수를 마친다.

그리고 호박 넝쿨이 축 늘어진 울타리 밑 호박 넝쿨의 뿌리 돋힌 데를 찾아서 그 물을 준다. 너라도 좀 생기를 내라고.

땀내 나는 수건으로 얼굴을 훔치고 툇마루에 걸터 앉아 있자니까 내가 세수할 때 내 곁에 늘어섰던 주인집 아이들 넷이 제각기 나를 본받아 그 대야를 사용하여 세수를 한다.

저 애들도 더워서 저러는구나 하였더니 그렇지 않다. 그 애들도 나처럼 일거수일투족을 어찌하였으면 좋을까 당황해 하고 있는 권태들이었다. 다만 내가 세수하는 것을 보고 그럼 우리도 저 사람처럼 세수나 해 볼까 하고 따라서 세수를 해 보았다는 데 지나지 않는다.

5

원숭이가 사람의 흉내를 내는 것이 내 눈에는 참 밉다. 어쩌자고 여기 아이들이 내 흉내를 내는 것일까? 귀여운 촌동(村童)들을 원숭이로 만들어서는 안 된다.

나는 다시 개울가로 가 본다. 썩은 물 늘어진 댑싸리 외에 아무것도 없다. 그러나 나는 거기 앉아서 이번에는 그 썩어 가는 웅덩이 속을 들여다본다.

그 순간 나는 진기한 현상을 목도한다. 무수한 오점(汚點)이 방향을 정돈해 가면서 움직이고 있는 것이다. 이것은 생물임에 틀림없다. 송사리 떼임에 틀림없다.

이 부패한 소택(沼澤) 속에 이런 앙증스러운 어족(魚族)이 서식하리라고는 나는 참 꿈에도 생각하지 못했다.

요리 몰리고 조리 몰리고 역시 먹을 것을 찾음이리라. 무엇을 먹고 사누. 버러지를 먹겠지. 그러나 송사리보다도 더 작은 것이 있을까!

잠시를 가만있지 않는다. 저무도록 움직인다. 대략 같은 동기(動機)와 같은 모양으로들 그러는 것 같다. 동기! 역시 송사리의 세계에도 시급한 목적이 있는 모양이다.

차츰차츰 하류를 향하여 군중적으로 이동한다. 저렇게 하류로 하류로만 가다가 또 어쩔 작정인가. 아니 그들은 중로에서 또 상류를 향하여 거슬러 올라올지도 모른다. 그러나 당장 하류로 향하여 가고 있는 것이 확실하다. 하류로 하류로!

오 분 후에는 그들의 모양이 보이지 않을 만치 그들은 멀리 하류로 내려갔다. 그리고 웅덩이는 아까와 같이 도로 썩은 물의 웅덩이로 조용해지고 말았다.

나는 그 자리에서 일어나서 풀밭으로 가 보기로 한다. 풀밭에는 암소 한 마리가 있다.

고 웅덩이 속에 고런 맹랑한 현상이 잠복해 있을 수 있다니 — 하고 나는 적잖이 흥분했다. 그러나 그 현상도 소낙비처럼 지나가고 말았으니 잊어버리고 그만두는 수밖에.

소의 뿔은 벌써 소의 무기가 아니다. 소의 뿔은 오직 안경의 재료일 따름이다. 소는 사람에게 얻어맞기로 위주니까 소에게는 무기가 필요 없다. 소의 뿔은 오직 동물학자를 위한 표지다. 야우시대(野牛時代)에는 이것으로 적을 돌격한 일도 있습니다. — 하는 마치 폐병(廢兵)의 가슴에 달린 훈장처럼 그 추억성(追憶性)이 애상적이다.

암소의 뿔은 수소의 그것보다도 더 한층 겸허하다. 이 애상적인 뿔이 나를 받을 리 없으니 나는 마음 놓고 그 곁 풀밭에 가 누어도 좋다. 나는 누어서 우선 소를 본다.

소는 잠시 반추를 그치고 나를 응시한다.

'이 사람의 얼굴이 왜 이리 창백하냐. 아마 병인인가 보다. 내 생명에 위해(危害)를 가하려는 거나 아닌지 나는 조심해야 되지.'

이렇게 소는 속으로 나를 심리(審理)하였으리라. 그러나 오 분 후에 소는 다시 반추를 계속하였다. 소보다도 내가 마음을 놓는다.

소는 식욕의 즐거움조차를 냉대할 수 있는 지상 최대의 권태자다. 얼마나 권태에 질렸길래 이미 위에 들어간 식물(食物)을 다시 게워 그 시금털털한 반소화물(半消化物)의 미각을 역설적으로 향락하는 체해 보임이리오?

소의 체구가 크면 클수록 그의 권태도 크고 슬프다. 나는 소 앞에 누어 내 세균같이 사소한 고독을 겸손하면서 나도 사색의 반추는 가능할지 불가능할지 몰래 좀 생각해 본다.

6

길 복판에서 예닐곱 인의 아이들이 놀고 있다. 적발동부(赤髮銅膚)의 반라군(半裸群)이다. 그들의 혼탁한 안색, 흘린 콧물, 두른 배두렁이, 벗은 웃통만을 가지고는 그들의 성별조차 거의 분간할 수 없다.

그러나 그들은 여아가 아니면 남아요 남아가 아니면 여아인 결국에는 귀여운 대여섯 살 내지 일고여덟 살의 '아이들' 임에는 틀림없다. 이 아이들이 여기 길 한복판을 선택하여 유희하고 있다.

돌멩이를 주어 온다. 여기는 사금파리도 벽돌 조각도 없다. 이 빠진 그릇을 여기 사람들은 버리지 않는다.

그리고는 풀을 뜯어 온다. 풀 — 이처럼 평범한 것이 또 있을까. 그들에게 있어서는 초록빛의 물건이란 어떤 것이고 간에 다시없이 심심한 것이다. 그러나 하는 수 없다. 곡식을 뜯는 것도 금제(禁制)니까 풀밖에 없다.

돌멩이로 풀을 짓찧는다. 푸르스레한 물이 돌에 가서 염색된다. 그러면 그 돌과 그 풀은 팽개치고 또 다른 풀과 돌멩이를 가져다가 똑같은 짓을 반복한다. 한 십 분 동안이나 아무 말이 없이 잠자코 이렇게 놀아 본다.

십 분만이면 권태가 온다. 풀도 싱겁고 돌도 싱겁다. 그러면 그 외에 무엇이 있나? 없다.

그들은 일제히 일어선다. 질서도 없고 충동의 재료도 없다. 다만 그저 앉아 있기 싫으니까 이번에는 일어서 보았을 뿐이다.

일어서서 두 팔을 높이 하늘을 향하여 쳐든다. 그리고 비명에 가까운 소리를 질러 본다. 그러더니 그냥 그 자리에서들 겅중겅중 뛴다. 그러면서 그 비명을 겸한다.

나는 이 광경을 보고 그만 눈물이 났다. 여북하면 저렇게 놀까. 이들은 놀 줄조차 모른다. 어버이들은 너무 가난해서 이들 귀여운 애기들에게 장난감을 사다 줄 수가 없었던 것이다.

이 하늘을 향하여 두 팔을 뻗히고, 그리고 소리를 지르면서 뛰는 그들의 유희가 내 눈에는 암만해도 유희같이 생각되지 않는다. 하늘은 왜 저렇게 어제도 오늘도 내일도 푸르냐, 산은 벌판은 왜 저렇게 어제도 오늘도 내일도 푸르냐는, 조물주에게 대한 저주(咀呪)의 비명이 아니고 무엇이랴.

아이들은 짖을 줄조차 모르는 개들과 놀 수는 없다. 그렇다고 모이 찾느라고 눈이 벌건 닭들과 놀 수도 없다. 아버지도 어머니도 너무나 바쁘다. 언니 오빠조차 바쁘다. 역시 아이들은 아이들끼리 노는 수밖에 없다. 그런데 대체 무엇을 가지고 어떻게 놀아야 하나, 그들에게는 장난감 하나가 없는 그들에게는 영영 엄두가 나서지는 않는 것이다. 그들은 이렇듯 불행하다.

그 짓도 오 분이다. 그 이상 더 길게 이 짓을 하자면 그들은 피로할 것이다. 순진한 그들이 무슨 까닭에 피로해야 되나? 그들은 우선 싱거워서 그 짓을 그만둔다.

그들은 도로 나란히 앉는다. 앉아서 소리가 없다. 무엇을 하나. 무슨 종류의 유희인지 유희는 유희인 모양인데 — 이 권태의 왜소 인간들은 또 무슨 기상천외의 유희를 발명했나.

오 분 후에 그들은 비키면서 하나씩 둘씩 일어선다. 제각각 대변을 한 무더기씩 누어 놓았다. 아 — 이것도 역시 그들의 유희였다. 속수무책의 그들 최후의 창작 유희였다. 그러나 그중 한 아이가 영 일어나지를 않는다. 그는 대변이 나오지 않는다. 그럼 그는 이번 유희의 못난 낙오자임에 틀림없다. 분명히 다른 아이들 눈에 조소(嘲笑)의 빛이 보인다. 아 — 조물주여, 이들을 위하여 풍경(風景)과 완구(玩具)를 주소서.

7

날이 어두웠다. 해저(海底)와 같은 밤이 오는 것이다. 나는 자못 이상하다.

가만히 생각해 보면 나는 배가 고픈 모양이다. 이것이 정말이라면 그럼 나는 어째서 배가 고픈가. 무엇을 했다고 배가 고픈가.

자기 부패 작용(自己腐敗作用)이나 하고 있는 웅덩이 속을 실로 송사리 떼가 쏘다니고 있더라. 그럼 내 장부(臟腑) 속으로도 나로서 자각할 수 없는 송사리 떼가 준동(蠢動)하고 있나 보다. 아무렇든 나는 밥을 아니 먹을 수는 없다.

밥상에는 마늘장아찌와 날된장과 풋고추조림이 관성의 법칙처럼 놓여 있다. 그러나 먹을 때마다 이 음식이 내 입에, 내 혀에 다르다. 그러나 나는 그 까닭을 설명할 수 없다.

마당에서 밥을 먹으면 머리 위에서 그 무수한 별들이 야단이다. 저것은 또 어쩌라는 것인가. 내게는 별이 천문학의 대상이 될 수 없다. 그렇다고 시상(詩想)의 대상도 아니다. 그것은 다만 향기도 촉감도 없는 절대 권태의 도달할 수 없는 영원한 피안이다. 별조차가 이렇게 싱겁다.

저녁을 마치고 밖으로 나와 보면 집집에서는 모깃불의 연기가 한창이다.

그들은 마당에서 멍석을 펴고 잔다. 별을 쳐다보면서 잔다. 그러나 그들은 별을 보지 않는다. 그 증거로 그들은 멍석에 눕자마자 눈을 감는다. 그러고는 눈을 감자마자 쿨쿨 잠이 든다. 별은 그들과 관계없다.

나는 소화를 촉진시키느라고 길을 왔다 갔다 한다. 되돌

적마다 멍석 위에 누운 사람의 수가 늘어 간다.

이것이 시체와 무엇이 다를까? 먹고 잘 줄 아는 시체 — 나는 이런 실례(失禮)로운 생각을 정지해야만 되겠다. 그리고 나도 가서 자야겠다.

방에 돌아와 나는 나를 살펴본다. 모든 것에서 절연된 지금의 내 생활 — 자살의 단서조차를 찾을 길이 없는 지금의 내 생활은 과연 권태의 극(極), 권태 그것이다.

그렇건만 내일이라는 것이 있다. 다시는 날이 새지 않는 것 같기도 한 밤 저쪽에 또 내일이라는 놈이 한 개 버티고 서 있다. 마치 흉맹한 형리(刑吏)처럼 — 나는 그 형리를 피할 수 없다. 오늘이 되어 버린 내일 속에서 또 나는 질식할 만큼 심심해해야 하고 기막힐 만치 답답해해야 한다.

그럼 오늘 하루를 나는 어떻게 지냈던가. 이런 것은 생각할 필요가 없으리라. 그냥 자자! 자다가 불행히 — 아니 다행히 또 깨거든 최 서방의 조카와 장기나 또 한판 두지, 웅덩이에 가서 송사리를 볼 수도 있고 — 몇 가지 안 남은 기억을 소처럼 — 반추하면서 끝없는 나태를 즐기는 방법도 있지 않으냐.

불나비가 달려들어 불을 끈다. 불나비는 죽었든지 화상을 입었으리라. 그러나 불나비라는 놈은 사는 방법을 아는 놈이다. 불을 보면 뛰어들 줄도 알고 — 평상에 불을 초조히 찾아다닐 줄도 아는 정열의 생물이니 말이다.

그러나 여기 어디 불을 찾으려는 정열이 있으며 뛰어들 불이 있느냐. 없다. 나에게는 아무것도 없고 아무것도 없는 내 눈에는 아무것도 보이지 않는다.

암흑은 암흑인 이상 이 좁은 방의 것이나 우주에 꽉 찬 것이나 분량상 차이가 없으리라. 나는 이 대소 없는 암흑 가운데 누워서 숨 쉴 것도 어루만질 것도 또 욕심나는 것도 아무것도 없다. 다만 어디까지 가야 끝이 날지 모르는 내일 그것이 또 창밖에 등대(等待)하고 있는 것을 느끼면서 오들오들 떨고 있을 뿐이다.

— 12월 19일 미명(未明), 동경에서

엮은이
권영민

충청남도 보령에서 태어났다. 서울대학교 국문과를 졸업하고 같은 대학원에서 박사 학위를 받았다. 서울대학교 국문과 교수로 재직하면서 미국 하버드 대학교 객원 교수, 버클리 대학교 한국 문학 초빙 교수, 일본 도쿄 대학교 한국 문학 객원 교수 등을 역임했다. 현재 서울대학교 국문과 명예 교수, 단국대학교 석좌 교수로 활동 중이다. 주요 저서로 『한국 현대 문학사』, 『우리 문장 강의』, 『서사 양식과 담론의 근대성』, 『한국 계급 문학 운동 연구』, 『한국 민족 문학론 연구』, 『한국 현대 문학의 이해』, 『이상 문학의 비밀 13』, 『오감도의 탄생』, 『정지용 시 126편 다시 읽기』, 『문학사와 문학 비평』 등이 있다. 현대문학상, 김환태평론문학상, 만해대상 학술상, 서울문화예술상 등을 수상했다.

권태

1판 1쇄 펴냄 2017년 6월 30일
1판 8쇄 펴냄 2024년 6월 19일

지은이 이상
엮은이 권영민
발행인 박근섭, 박상준
펴낸곳 (주)민음사

출판등록 1966. 5. 19. 제16-490호
서울특별시 강남구 도산대로1길 62(신사동)
강남출판문화센터 5층 06027
대표전화 02-515-2000 팩시밀리 02-515-2007
www.minumsa.com

ISBN 978 89 374 2922 4 04800
ISBN 978 89 374 2900 2 (세트)

* 잘못 만들어진 책은 구입처에서 교환해 드립니다.

쏜살

참깨와 백합 그리고 독서에 관하여 존 러스킨·마르셀 프루스트 | 유정화·이봉지 옮김
마르그리트 뒤라스의 글 마르그리트 뒤라스 | 윤진 옮김
너는 갔어야 했다 다니엘 켈만 | 임정희 옮김
무용수와 몸 알프레트 되블린 | 신동화 옮김
호주머니 속의 축제 어니스트 헤밍웨이 | 안정효 옮김
밤을 열다 폴 모랑 | 임명주 옮김
밤을 닫다 폴 모랑 | 문경자 옮김
책 대 담배 조지 오웰 | 강문순 옮김
세 여인 로베르트 무질 | 강명구 옮김
시민 불복종 헨리 데이비드 소로 | 조애리 옮김
헛간, 불태우다 윌리엄 포크너 | 김욱동 옮김
현대 생활의 발견 오노레 드 발자크 | 고봉만·박아르마 옮김
나의 20세기 저녁과 작은 전환점들 가즈오 이시구로 | 김남주 옮김
장식과 범죄 아돌프 로스 | 이미선 옮김
개를 키웠다 그리고 고양이도 카렐 차페크 | 김선형 옮김
정원 가꾸는 사람의 열두 달 카렐 차페크 | 김선형 옮김
죽은 나무를 위한 애도 헤르만 헤세 | 송지연 옮김
도리언 그레이의 초상 1890 오스카 와일드 | 임슬애 옮김
아서 새빌 경의 범죄 오스카 와일드 | 정영목 옮김
질투의 끝 마르셀 프루스트 | 윤진 옮김
상실에 대하여 치마만다 응고지 아디치에 | 황가한 옮김
납치된 서유럽 밀란 쿤데라 | 장진영 옮김
모든 열정이 다하고 비타 색빌웨스트 | 임슬애 옮김
수많은 운명의 집 슈테판 츠바이크 | 이미선 옮김
기만 토마스 만 | 박광자 옮김
베네치아에서 죽다 토마스 만 | 박동자 옮김
팔뤼드 앙드레 지드 | 윤석헌 옮김
새로운 양식 앙드레 지드 | 김화영 옮김
노인과 바다 어니스트 헤밍웨이 | 김욱동 옮김
단순한 질문 어니스트 헤밍웨이 | 김욱동 옮김
겨울 꿈 F. 스콧 피츠제럴드 | 김욱동 옮김
위대한 개츠비 F. 스콧 피츠제럴드 | 김욱동 옮김
밀림의 야수 헨리 제임스 | 조애리 옮김
너와 세상 사이의 싸움에서 프란츠 카프카 | 홍성광 옮김